獨擁你的聲息

EVERYTHING I DO,
I DO IT FOR YOU

暖暖 著

也許，最好的愛情，並不取決於兩個人有多契合，
而在於願意愛上彼此的不完美。

編輯的話

追求「完美愛情」的想像，或許每個人都曾有過。

最初，可能總是試圖改變對方，期待對方能符合我們理想中的模樣，以為這樣，就能讓愛情更美好。而在跌跌撞撞，有了更多體會之後，才逐漸了解，既然世界上沒有人是十全十美的，那麼，當兩個不完美的靈魂相遇、相愛，又如何能強求事事盡如己意？

相處，本就是一再磨合的過程，不是嗎？

暖暖這次寫下的故事，就是關於一段不完美的愛情。有趣的是，男女主角是眾人眼中擁有完美形象的男神和女神。以這樣看來理所當然的夢幻組合，為我們呈現戀愛中那些內心的起伏轉折，當然，還有粉紅泡泡。翻開故事前，別忘了，墨鏡戴好（笑）。

也許我做不到將你當成生活的全部，但，你確實會是我生命裡的唯一。
為了驕傲傷害一個人時，當下恨不得一針見血，發瘋似拚命往傷口戳。
可是，會讓自己同時傷痕累累的，永遠只有親近的人。
家人、喜歡的人，以及你。
如果日子裡注定充滿爭執紛擾，請告訴我，我們不會吵散，
請和我約定，我們，不會輕易分離。
時光裡、事件中，我們總是各自用著不同的方式與速度成長著。
靠近一步或停滯不前，嚎啕大哭或痛徹心扉，這些，都無所謂。
只怕我會不經意遺失那個盡情任性的自己。
只願不會如此。

第一章

「我害怕的不是這些故事會被你忘記，而是你忘記了，我卻還記得。」

擱下鋼筆，反覆盯著手帳本上的字跡，手指拂過被抄寫下的句子。懶散地垮下先前挺正的肩膀，我嘆息。「沒有故事能被忘記啊，我們根本不認識。」兀自嘟囔。

仰頭、抬手遮住眼睛，阻擋白熾的光線，彷彿能將我一顆難得澎拜的少女心照亮，太過赤裸裸。

因為聲音而瘋狂迷戀上一個人，聽來真是膚淺可笑到不行。明明不曾這樣過，自從那天，我卻乖乖守著廣播，大刀教授的實習課都沒那麼準時。

人生，很難。

隨時捅你一刀都是措手不及，就像上天給你關一扇門，誰知道他開的窗你攀不攀得到，又或許撞了你鼻梁也不好說。

厭世、厭世，想到還要寫實驗紀錄本就更加厭世。

略略偏過頭，注意到前些時候和煦的陽光不知不覺被雲層擋住，絲絲縷縷的金黃光燦只剩殘影，這個季節的天氣，陰晴不定。

低下頭看了腕上手錶的顯示，掩飾不住輕揚的嘴角，飛快扯過放得老遠的耳機，戴上，切換頻道，完全是蓄勢待發，枕戈待旦。

分針的滴答此刻忽然顯得聲響巨大，每次位移都讓人緊張更甚，還有難減的興奮歡快，像個要得到誇獎的小狗，歡騰的搖晃尾巴。

三、二、一……

下午三時三十分。

一年一度的跨年都沒有這般歡欣鼓舞。

「這裡是 Listen to love，聲聲不止息，大家午安。」

清越溫和的嗓音，彷彿輕盈拂過海平面的微風，撩起靴紋似的波，收攏了溫潤清和的氣息，落在左胸口，又潮濕又溫暖。

克制不住地拽拽自己的頭髮，摧殘一番，要不是在學校實在很想尖叫啊。不論聽過多少次，都會有戀愛的感覺，濃烈喜愛的程度絕對有增無減。

「有一句話送給來信的聽眾朋友。」沉穩好聽的聲音有一股力量，所有不安無措都能被平息。「對一個傷心的人，讓他講他還沒忘的人，不但不會傷他的心，反而得著安慰。」

心臟最敏感的神經像被牽扯，眨眨眼睛，一秒的怔愣過後，執筆迅速抄寫下一閃而逝的共鳴與感動，潦草的文字斜斜歪在紀錄本中央。

我仔細傾聽，總是不想錯過他的隻字片語。

「這是三毛說過的話，失去的人不是要聽寬慰的話，而是要能安靜聽他說放不下的過往。」我彷彿能想像他唇邊輕淺溫柔的笑意，溫情在心口慢散開來，「接著，點播一首歌，送給來信的朋友。」

他的話語中溢出輕笑。「是剛結束世界巡迴活動的韓國團體，infinite 的〈still I miss you〉。」

扁扁嘴，比起網路就能載到的音樂，我更想多聽他的聲音。多一分鐘，甚至一秒都行，餘音繞樑就是這麼回事了。

不到四分鐘的音樂結束，繼續聽他分享兩封來信，以及兩首點播，半個小時的廣播節目老是覺得稍縱即逝，比神奇寶貝還難抓住。

心裡深深的惆悵。星期三和星期五就是那麼難捱到的日子。

吁出長長一口氣，摘下早已歸於平靜的耳機，攥在手裡，伸展著僵硬的雙腿與肩胛，迷茫的雙眼還有濃濃疲憊，視線毫無阻礙地延伸出去。

摩娑著耳機，紊亂的腦袋得到片刻歇息。

《聲聲不止息》製作起初的主打是廣播劇，給當紅的網路小說配音，句子當然是精挑細選過，男主角霸氣到不行，撩妹技能滿點的台詞，我因此妥妥地對他好聽的聲音著迷。

原本只是試試水溫的節目意外竄紅，接連推出許多單元主題，仔細回想，讓我成為死忠粉絲的應該是匿名告白。輕緩地唸出內容，接著，總是能聽見他獨到的見解，以及樂觀又正面的態度。

無法不喜歡。

靜謐的空間裡原本只有沙沙的筆落聲響，以及冷風過境窗子的軋軋。

然而，成群結隊的嘈雜喧騰逐漸襲來，伴隨無數歡快輕盈的腳步聲，彷彿都成了這份寂靜中的入侵者，震盪著地面，格外突兀。

看來來了不少人，由遠而近。揉揉眉心，我闔上實驗紀錄本，擺正歪斜懶散地坐姿，撩撩不甚凌亂的頭髮。

眨眼的時間，一群男生自狹窄的門窗各自脫穎而出，張揚溫暖的嗓音與笑聲確實鑽入話題間，嵌合著課業中的枯燥空蕩。

「看，我就說女神鐵定在這！」

「當然囉，女神是常駐我們系上的書卷獎名單啊！」

爽朗的聲音不難察覺隱隱的驕傲，隨手就是架了隔壁男生一個拐子。習慣地聽著他們的與有榮焉，我揚起恰到好處的微笑，溫和的視線掠過門口所有人。

不多不少的善意，沒有不耐與倦怠。

「你們是系隊要練習嗎？」努力說出一句近似關心的問話，能在茫茫話題與尷尬間拽個平衡，不得不佩服自己。

卻好像扯了不得了的開端，鋪天蓋地般砸下的是許多刻意且別有用心的邀請。

「是啊！因為下週系際盃開打，教練完全是惡魔機關開啟。」

「還是女神要過來看看？絕對增長氣勢！」

「她要是去了，學弟們八成連一般傳球都會漏接！」

唯一個反對聲音立馬被僭越的聲音蓋過，學弟扁著嘴不服氣，「說得好像學長們不愛看女神，明明實驗課都搶著和女神一組！」

被狠狠反駁得噎了噎，此刻我才看清楚是曾經同一個組別過的班上男生。不著痕跡勾了勾嘴角，他哪是同其他學弟一樣抱著莫名其妙的欣賞。

他根本是組裡的雷包，混學分與成績的。

當時真差點想不顧形象劈頭罵翻那個豬腦袋的隊友，幸虧他油腔滑調的技能是一等的，才讓口頭報告領先他組一分。

斂下眼瞼遮掩不適宜的嘲諷，恍神一瞬時間，話鋒重新回到我身上。深呼吸幾口氣，認真忍了忍，沒起一點脾氣。

「抱歉，我就不去了，待會有事情。」

失落與抱怨此起彼落，終究不敢違逆或勉強我半分。心中微嘆，略有鬆氣，盛情難卻是最麻煩無解的結果。

接著，大多數人相互勾間搭背地一哄而散，熱鬧是友情的別名。我收拾著凌亂的桌面，揉碎塗塗改改多回的紀錄紙，連同文具用品一口氣掃進背包裡頭。

瞧了眼亮起的螢幕，忽略上百則的群組訊息，著眼精準的時間顯示。剛起身便目光撞上另一道打量，心底一滯，抿唇吞回幾乎要脫口的髒話。

他、他是誰啊！為什麼不走硬要待在這？

內心是崩潰的，面上完美清淡的妝容與神情是波瀾不起。這點鎮定與抗壓性，我對自己還是挺有把握的。

「有什麼事嗎？」盯著他陌生的臉，蹙了眉，沒忍住顯得不禮貌的確認，「你……是我們系上的嗎？」

像是忽然觸電的驚愕，他大大聳了肩，結結巴巴地解釋，「我，我是企管系的。」約莫是他唇邊的笑容著歉意與討巧，自然又真誠，恍若午後穿透樹葉的燦爛陽光，霎時點亮了光線昏暗的實驗室。

用力再用力，將防備壓進心底。難得能有閒情逸致與他多說兩句話。

「管院的學生跑來醫學院，迷路了？你是大一生？」

「不是！」他急急聲辨，搔頭的模樣太傻氣。「大三，裴宇信。」

面對他極有誠意的坦誠，要是一如往常輕描淡寫地裝傻，正是顯得矯情。僅是一秒的苦惱遲疑，他又期期艾艾搶白。

「我知道女神學姊是護理系大四的！我……我不是跟蹤狂啦！是上一場系隊友誼賽時，聽學長提起的。」話語越到後面越像嘀咕，我失笑。

這人倒是挺有意思的，但是，他的名字怎麼聽在耳裡有些耳熟？

要是問了是不是曾經哪裡見過，多像老掉牙的搭訕。摸摸鼻子，丟不起這個臉，打算作罷，交集深不了，不必過多探究。

「嗯，想也知道是他們把我賣了。」

護理系的男生向來是屈指可數，吹噓起來拚不過，都是拽著女生掙門面。

順著他躊躇的視線，發現他自始至終盯著我。有些不自在地眨眨眼睛，然而，他是以一種太過認真的心情，必定能注意到我的細微轉折。

他輕咳了一聲，明明空氣中如日中天熱度已經退散，現在卻是悄悄爬上他乾淨的臉龐，我看不明白他的意圖。

很純粹又很複雜。

「因為學姊是系籃永遠都會被提起的話題，不論哪個系。」

「男生聊天都這麼沒意思啊。」

角逐書卷獎成為學霸，是因為我比誰都努力。瓜子臉、栗色長髮、修長雙腿，我自知長得好看，單是因為符合大眾的審美，該感謝娘親與親爹的優良基因。可是，自從大一時候宿營結束，葉若唯三個字從此與「護理系女神」這名號千絲萬縷綑綁。

再也擺脫不掉。

學習化妝，關注時尚潮流的穿搭，以及夜晚慢跑維持身材，全是要悉心呵護女神稱號。適切微笑，傳借筆記，沒有嬌貴脾氣，都不是自己的真實。生活變得綁手綁腳，害怕一點失誤會變成詬病。

也許多少人夢寐以求著眾星拱月的焦點，我卻是痛恨這種芒刺在背。但是，一切都走向不可挽回的發展。

我是不可能向人抱怨這些。高冷與驕傲，是一線之隔，萬丈差距。

別人眼裡的稱揚與讚賞是多麼脆弱，像是在指間圈出而吹起的泡泡，絢爛美麗，終究留不長久，一點風吹草動都會消逝。

「我就是聽聽而已。」似乎感到羞愧，他偏開頭，侷促地避過我的眼神。

「沒事，沒人不愛聽八卦。」

校園網的消息更新再迅速，葉若唯這個名字是從不淡褪的顏色。

他抬頭，張了張嘴，最終沒說話。不能再糾纏，會耽誤實習作業。我揹起沉甸甸的黑色後背書包，朝他所在的門口走近。

有些疑惑他為什麼不跟兄弟夥伴們一起離開，合理的推斷隨意脫口而出。停在他跟前。「你要借這間實驗室？」與此同時，將鑰匙攤在掌心。

「欸？我、不……喔對。」

「直接給你吧。」輕盈的觸點是我的指尖與他的手掌，確認一串鑰匙穩當置放他的手裡，收回手兜進外套口袋，「使用完，直接還到化學系系辦就可以。」

「嗯、喔。」

「記得要在填寫我名字的欄位後方打勾。」

望著他呆滯的神情，放低了聲音提醒，教室外遠方的喧鬧沒蓋過絲毫，我能感受他快要化進天氣裡的率直溫暖，他一動也不動地凝著我。

心跳劇烈且明顯慌亂一下，外系的小學弟啊，姊我不啃嫩草的。

我收起笑容，「記住了嗎？」

他點了頭，輕巧的動作，青澀到不行。沒打算有後續，今日很不祥，肯定是不宜出門，徹底經過他杵立的身邊。

剛要呼吸新鮮自由的空氣，學弟突如其來的告白讓我踉蹌了步伐。整個人僵硬得像根木頭，用了洪荒之力，用了將近一世紀的時間，回身，不可置信瞪著他。

深深吸氣，勉強地保持笑容裡的和善，「學弟，你說什麼？」

這麼說好像會讓妳很困擾，可是我喜歡妳，本來就不該只是我的事。

僅僅一個旋身的空餘，他完全沒有方才天然的傻勁、沒有要被刨挖出心思的緊張，如此不和諧又不正常，我當成是他腦袋給風吹壞了。

舌頭閃了所以說錯話。

「我說。」懷著小孩子氣的惡意，他故意稍作停頓。

練習多年的隱忍，沒有功虧一簣，依然從容不迫，我抬高下巴，環抱著雙臂等待他解釋的接續。

如果，我可以依憑過去實習經驗，猜測一個病徵引發疾病的種類可能與機率，那麼，上網即可搜索到的隕石降落機率，絕對不成問題，一根手指頭的事。

但是，彷彿隕石正中腦門的感覺是可以形容的嗎？

「學姊，我喜歡妳。」他重複一次，口齒清晰，嫌我聽得不夠清楚。大腦失了確切的反應，甚至駁斥的反射都落下，我近乎感覺不到自己的呼吸。

人生很玄幻、很跌宕。

這一剎那，思考是一片空白，想起了他說他的名字是裴宇信。

只剩下這個迴盪在耳畔和腦中。

裴宇信深色眼眸裡的真誠微光點綴得無以復加，與他給我的第一印象非常相符，純淨而澄澈。

「學姊不喜歡這種玩笑。」有時候，年齡差就是最好的武器。

他出乎預料地微笑。「我是因為到澳洲打工換宿，所以休學一年。」我一愣，他沒給我思索空間。「也就是說，我們應該是同年紀的。」

「我只是想好好說出喜歡妳這件事，不管會不會造成妳的困擾。」

這是他捧出的愛情。

帶著夏末秋初的一點浮躁，讓人惶惶如夢。

一見鍾情。

成語典上這麼寫著：一見鍾情，比喻男女第一次見面，就對彼此傾心。

對彼此傾心？彼此傾心？

「……去他的一見鍾情。」誰跟那學弟彼此傾心了！

憤憤地滑去成語查詢的頁面，氣不打一處來。想吐出這份莫名惡氣，連同幾天下來的搜尋紀錄通通刪除，一個不留。

儘管有很大的機率會後悔必須重新搜尋預留的網頁，按下清除的這瞬間，仍然通體舒暢。

我這是被調戲了嗎？

被一個不知道哪裡竄出來的小毛頭戲弄，想起當時沒有給他飛踢就扼腕。

接近太陽西下的時分，暖黃的光線與公車亭旁佇立的微亮路燈相互輝映，整個世界都柔和起來，人群熙來攘往。

站立片刻，發現跑馬燈顯示等候時間居然是十九分鐘，盯著自己的如風中殘燭的雙腿，默默挪了腳步，看準位置坐下。

原本靠得近的人終究會離開，不是什麼柔腸寸斷或雄心壯志的理由，非常風輕雲淡。等待的公車來了，所以必須走了。

這是充滿分離的時代，目送陌生人離去的背影，都是城市中別樣的風景。

我的思緒有了停頓，百無聊賴地踢著腳，眼神停在腳上這雙矮跟的牛津鞋。

喧騰無章的交通是繁忙都市的側影，四起的霓虹燈光和喇叭催鳴，都像寂寞中醞釀的頹靡浮華，無端煩躁。

僅是一秒之差的恍神，改變的是詭異秩序的平衡。

車流忽然慢了下來，刺耳煞車聲響劃破身邊人的冥想。開始有人摘下耳機或是自手機螢幕移開視線，全聚焦於十字路口的紊亂。

順著看向肇事的地點。違規右轉的疾行機車撞上車速緩慢的貨車，機車斜斜滑出去摔得老遠，騎士抱著安全帽趴臥在地上。遭遇飛來橫禍的貨車司機趕忙下車察看。見義勇為的過路行人已經撥了電話通知醫院。

長吁短歎不到一分鐘，對著落入眼底的景象暗罵一聲。儘管是隔著幾公尺的距離，我依舊邁開步伐奔馳在剛出事的馬路上。

劈頭就是氣急敗壞的指責，砸得人眼冒金星的那種。

「你是白痴嗎？考駕照筆試是猜題猜及格的是吧，違規右轉趕投胎前，沒有好好想會不會危害無辜的路人嗎？」

見他愣愣停住移動身體的動作，不好繼續刺激他。費力扳住他的肩膀，輕輕放平身子，恢復成起初橫屍的姿勢，我微微吐一口氣。

「不知道車禍後不能劇烈晃動頭部嗎？」

沒預設他的回應，逕自打量起他裸露在衣衫包裹之外的傷口。大大小小無數擦傷，而出血的大腿最是怵目驚心，彷彿可見翻出來的血肉。沉吟半晌，拿出隱形眼鏡用的生理食鹽水，細心往傷口傾倒，再從書包夾層掏出一條乾淨的手帕，暫且綁上傷口處止血。

完成所能付出的，我力圖淡定地與傷者對視，悄悄收回還在發抖的手。

是耽誤實習的工作，但是，與一條生命相比，一張悔過報告當然顯得單薄。紅綠燈紅了又綠，失序的交通狀態逐漸重新安穩流動。察看手錶，約莫再三分鐘能等到救護車。

救護車平均抵達現場的時間是五至六分鐘。

「妳是醫生？」

帶著清冷笑意的溫潤嗓音從頭頂傳來。眨眨眼睛，仰首凝視，終於確認聲音來源是不知道何時站在另一邊的男生。

再次眨眨眼，不明所以。「不是。」面色微怔。

有一股既熟悉又陌生的奇異感在心底發芽，像是被挖掘出埋藏許久的心事，很莫名其妙地翻騰。我理解不出是哪裡出了差錯，讓人感到有印象的，究竟是他的氣味、他的面容，還是他的聲息？

迷茫的目光毫無落差地墜落於他簡潔俊朗的五官線條。膚色白皙，手指修長好看，一副養尊處優的高貴。短短的頭髮，髮色深如墨，漆黑的眼裡沉著又深又靜的情緒。

這不是一張熟識的臉孔。

但是，為什麼心裡會泛起輕輕淺淺的漣漪？

彷彿隨著水波一圈一圈蕩漾開來，漫起不可忽略的悸動，能確定不是錯覺。

低沉的單音似乎收攏在他喉間，他的唇瓣溢出似嘲諷似無意的冷笑。「不是醫生還敢衝出來救人。有誤人子弟的，也有妳這樣一股腦熱血的。」

誰聽不出他的意有所指，根本是說我自不量力逞英雄！

理智線斷裂，此時不是在校園內，沒有女神形象的包袱，不必偽裝謙和。

我嗤笑，「彼此彼此，還有你這種袖手旁觀的。」

瞄他一眼，上好的訂製西裝筆挺俐落，戴著名牌手錶，雙手放入長褲口袋，秀挺的身形佇立著，全身都刻著驕傲，深入骨髓、渾然天成。我皺皺鼻子，狗眼人低啊。

興起的好感都要成為負值了。

聽著漸近的救護車聲響，心裡陷落一處釋然。我奇怪地又回首。「你待在這裡做什麼？」

「當第一線目擊者。」

他的輕鬆灑意竟然沒有絲毫突兀。

聞言，靜默數秒，我搔搔被風吹亂的長髮。「那，先生，能請你打個電話叫警察嗎？這重要環節好像被遺漏了。」

更想說的是，先生你光是站著不腰疼嗎！

「不好意思，我是冷酷無情的路人，樂善好施的事，小姐妳請便。」

他的聲音溫潤好聽，十分真切，卻說出那麼冰冷的嘲謔。氣得都能聽見自己粗重的呼吸，攥緊的手指格格作響，他沒搭理我的不可置信，神色靜默，冷傲得不行。

輕蔑的十五度微笑，染著幾分會令人窒息的邪氣。我狠狠咬緊牙根，天籟般的嗓音都給他的冷漠和嘴賤給玷汙了。

「……」我無言，扁了扁嘴。

原本是要挫挫他銳氣，沒想到被氣得夠嗆。沒精神再和他攪和，這個季節的天色暗得極快，車聲的呼嘯蓋不過風的喧騰，待到救護人員迅速抬著擔架過來，好好安置被晾了許久的傷者。

我蹭到貨車司機身旁。「那個……請問聯絡警方了嗎？」

「有的，打過電話了，怎麼說也是我比較衰啊。」

呵呵，那倒是。

交談的空隙驀地被細微的聲響破入，我一愣，沒來得及意識到危險，劃破皮膚的尖銳刺痛便襲來，我不可抑制地緊縮了身體。

低頭，貨車上掉落的鋼板在左腿側留下深深痕跡，自膝蓋到止於小腿肚的部位，快速於眼裡攏起的霧氣模糊了艷紅的血跡。被及時攙扶的身子微顫，倒吸一口冷空氣，疼痛像是抓住救命稻草得扯著神經。

突如其來的害怕沿著腳底竄升，經過受傷的地方，爬上心口。

我信奉科學、相信醫學，這樣的傷口是不會致命的。對的，輕微的傷口，但是，感染自然另當別論。不過，若是妥善處理也許連傷疤都不會被留下……儘管是有如此清明的認知，腦袋仍慌亂。

車門凹陷，車燈撞得七零八落，讓人不得不臆測究竟是多少的時速衝撞。

「小姐妳的腳！對不起啊！我我、我去幫妳叫人來處理傷口！要是破傷風就不好了！」貨車司機緊張地說。

而那個冷漠的男子緩緩且小心鬆開攙著我的力道，我咬著下唇，拖著步伐要往空曠地方移動，避免再度血光之災。吸了吸氣，沒辦法不去盯視血跡斑斑的腿。我閉起眼，徐緩地反覆深呼吸，但是，暈眩的感覺更加強烈。

能夠聽見自己的呼吸聲，在閉眼的黑暗視野裡，感官知覺是如此強烈。

「大麻煩。」

這樣風與汽機車交加的嘈雜，我依舊能清晰聽見他的聲音。

一貫的戲謔笑意，話語中帶著別樣意思。

他不知道什麼時候從後方走近，輕巧托住我虛軟的身體。為了不顯得太狼狽，我拚命忍住軟弱的顫抖，散亂的長髮些許拂在他身上。

竟然分不清我與他之間的界線。

語聲分明是淡然輕軟，近在頭上、身後，聽在耳裡總是隱隱掀起不甘心的情緒，笑盈盈的語調摻雜著明晃的不以為然。

「剛剛替別人處理傷口挺有架式的，輪到自己就不行了，這是怎麼樣？怕痛？」

怕你媽的痛，驗血時扎針都能快狠準往自己手指下去，眉頭不會皺一下，這點疼痛簡直一塊小蛋糕。

澎拜激昂的反駁張揚在喉嚨裡，說出口的話與力氣卻是虛弱綿軟。我沒有拽緊他的衣角，踉蹌著跌坐柏油路面，扶著額頭，蒼白了臉色。

他的襯衫西裝看起來都是能殺掉我大半個月生活費的高檔貨。要是留下一點皺褶，就怕不是幾百元熨燙費用能應付的。

仍然要強地哼哼，語氣全是倔強。「誰怕痛了……我是暈血。」

他的唇角彎了彎。「暈血？」

「只暈自己的血。」

「妳這恐懼症很任性啊。」

從來沒有人知曉或看穿的弱點，在他涼薄的唇裡被道出。這個人怎能這麼討厭，我今天怎能運氣這麼背。

感覺空氣逐漸稀薄，我試圖壓抑不斷翻騰的酸意，很反胃。

「喂……」支撐不住，害怕與羞惱都灰飛煙滅，更巨大的疲倦鋪天蓋地下來。下巴磕上他的骨頭，餘下低聲囁嚅，「我要暈了。」

能感受他連忙伸出另一隻收在口袋的手，紆尊降貴地蹲在身邊，骨感漂亮的手剛觸上我的肩膀，他深邃眸光裡的動容波瀾，成為朦朧意識中的最後殘影。

似乎做了一場不長不短的的夢。十分鐘、十五分鐘、三十分鐘，又或者更長久，久得像等待一株小草萌芽。

但是，於我即是閉眼與睜眼的時距。

迷茫的視界裡都是我熟悉的。

急診室中人來人往的飛快節奏，噠噠腳步聲與醫學術語。我壓壓腦門，不遠處泣不成聲的哭喊刺激著失散的思緒，終於視線凝視在男生似笑非笑的神情。

這種讓人特別手癢的賤表情，不酸他一下會遺憾終生。礙於他勉強算得上我半個救命恩人的身分，忍了。

不敢大動作起身，暈眩感仍未完全消散。醒來渴得很，我抬了虛浮的手指比比喉嚨，期望他能倒杯熱水給我潤喉。他無視，眉眼彎彎，撩起清冷的惡意。

「……RH陰性的熊貓血還敢在事故現場衝鋒陷陣，要這麼橫衝直撞，不如閃遠點，別給人添亂。」

「你怎麼知道？」這難聽的聲音，我不承認是出自我口中。

「呿，我也不是很想知道。可是，我被醫生當成妳的不盡責男朋友，不只被狠批竟然不知道妳是熊貓血，還被怪罪沒有好好照顧妳。」

語帶深深且冷靜的笑意，我禁不住縮縮脖子，總感覺他怨念深似海，嘴巴一張一闔都是咬牙切齒。

所有秩序與安排全讓這場事不關己的車禍打亂，對自己沒辦法看到傷患見死不救，有頗為深刻的體悟，很多時候仍會熱血正義地插手，衝動、情緒化。

瞭如指掌我所有雙面偽裝的好友孫沐念，最愛衝著我說：可以找回妳女神的高冷氣質嗎？高冷啊！

但是護理師就是要和藹可親、任勞任怨啊。

「喔，謝謝。」不甘願地吐出幾個字。

「妳好像搞錯意思了，我不需要妳的道謝。」

我恍然，瞧著他沉黑如墨的眸光。「也是，大恩不言謝。」

面對他更深刻張狂的鄙視，我攤攤手，如此簡單的動作都略嫌無力，果然只剩下耍嘴皮子的力氣，令人憂傷。

「不是聽說熊貓血的人都會隨身帶個小牌子，載明自己是熊貓血和緊急聯絡人電話嗎？」

「喔。本來是有的，上個星期掉了。」為什麼要跟他討論起攸關人生安全的事？狐疑地盯著他塾起笑意的幽深眸光。「你關心這事情幹麼？」

他又沒好氣地嗤笑，「怕妳之後再暈倒，造成別人困擾。」

「造成你的困擾，真是不好意思啊。」

他輕輕哼了幾聲，哼出冷意，在他俊挺頎長的身上有讓人不忍苛責的高傲。沒能將大腦指令轉換動作，下意識凝視他白皙乾淨的俊顏。

白熾的光線落在濃密漂亮的睫毛，明明暗暗，深沉難辨又明朗輕快。

「既然我都沒事了，你幹麼不離開？要是耽誤課業工作什麼的，別想賴在我頭上。」

我一介窮苦學生。感嘆哀傷不滿一秒，即刻想起醫藥費用，又得縮衣節食，心裡全是眼淚。不就是個暈血，居然大費周章送進急診室！腿上的割傷不就只是看來可怕猙獰點，太小題大作了。

幸好不是送到我實習的醫院，否則肯定會成為茶餘飯後的笑柄。

我很委屈，但是，這位先生看來比我更委屈。他清黑的眸底是喜怒未明，嗓音裡頭的嘲諷再明辨不過。

我都要懷疑他抑揚頓挫的語氣除了諷刺還是諷刺。

「身為妳失職的男朋友，總是要陪妳到醒過來吧。」

立刻橫了他一眼。揪著這個天大誤會，又不是我讓那些醫護人員錯認的。再說，這麼毒舌的男朋友，我不想要好嗎。

提及他的聲息，溫潤和暖，徹底和他性子裡的清冷倨傲搭不上邊。搔搔臉，斟酌片刻，輕輕咳嗽，他挑眉看了過來。

頓時心慌氣虛，硬著頭皮開口。「你……我是不是在哪裡聽過你的聲音？難不成你跟我是同個學校，還是你是什麼樂團主唱？」

他笑了起來，像寒冬中的冷梅，清貴又孤傲。帥得無法無天。

「這是在搭訕？」惡意的停頓，黑瞳閃過狡黠，他緩聲道：「可是怎麼辦？我對妳一點興趣也沒有。」

果然高估不得這種人的良心，簡直餵狗了。

「因為該知道的都知道了，不該知道的也知道了。」他神色冷淡，著實與眼底的沉黑笑意判若兩人。他從容道：「C大護理系大四生，當過系籃經理和壘球隊經理。每學期都領書卷獎，醫學院的女神。」

沉靜漠然的目光掃過我怔愣的神情，勾唇又是一笑。「葉若唯，摩羯座，RH陰性血，身高……」

「停停停——你為什麼知道這些？」

「看了妳的證件，然後等妳清醒的時間很無聊，上網查了妳的名字，沒想到在校園網挺活躍的。」

「那你為什麼看我的證件？」

他嗤之以鼻，彷彿我在無理取鬧。我的惱羞成怒像砸在一團厚重的棉花上，虛無失力，跳樑小丑般可笑。

平常明明不是驕縱又情緒起落誇張的人，面對這個男生，卻用不了平常心與理智壓抑。讓人不由自主卸下偽裝。這不是一件好事。我眉頭擰得更緊。

「別把我想得那麼齷齪，少把自己想得那麼重要，妳難道看醫生不用繳交證件？」

我一噎，他將雙手放入黑色大衣口袋，睨著我。「恢復精神就自己下床，不要在急診室霸佔病床。」

屈辱，百分之百的屈辱。

好好一個優秀護理系學生讓他說成霸佔床位的廢物，沒有比這更冤枉的。

人生果真是否極泰來。

錯過一個晚上的實習，畢竟事出有因，同時補上了病歷證明，於是僅僅被吩咐去向代班的同學道謝。雖然暈血這種事不好拿出來說嘴，能避過千字悔過書與志工服務，仍然算是好事。

對於天外飛來一筆的災難，能融合關心和幸災樂禍的，獨獨孫沐念了。

「所以說，妳本來應該非常帥氣留下救人英姿的天使光環，最後因為被脫落的鋼板砸一下，馬上降格成傷患？」

淘氣的笑意漫在稍稍讓劉海遮住的眉間，孫沐念愉快地下了結論。

鬆開牙根，放過被我咬得不成人樣的吸管，狠狠白了她一眼。

「孫沐念，注意一下妳的語氣，能不能有點同學愛？」

「又不是一所大學的，再有同學愛也給不了妳。」

「同一所高中校友行不行？」一個恍神，發現和她認真簡直是很傻。和她對話智商都降低了。

她輕輕咋舌。「對一個崩壞女神友愛，唉，不行不行，太為難我的良心了。」

「呿，那也是我裝的他們樂意買單。」

選擇相信表面，以容貌優劣和成績高低斷然評斷一個人的定位，那麼，若是被蒙蔽，怎麼好意思找人哭訴喊冤。被想像或傳言塑造出特定形象的人，比你們更冤好嗎。

與真實大剌剌的自我越走越遠，直到淪為像是解離性精神異常症的切割。只要想到再幾個月就能離開煩人的學校，做夢都會傻笑。

隨意轉了轉靠在手心的熱可可，沒有抑制住冷笑。「我是立志成為熱情貼心小護士，誰愛當四體不勤的花瓶了。」

生平最不齒雷包。

我的正義感、我的笑聲、我的本性，完全能稱上豪放，與摸一下都會碎的嬌滴滴瓷娃娃是十萬八千里差別。那種人，不如不要出來社會擋路。

「喔，姊妹，妳這句話帶有顏色，請妳保留一點。」

她一個貨真價實的千金大小姐，思想這麼不純潔，閨儀禮數呢！

是的，孫沐念確實是個含著金湯匙出生的少女。

ＩＮ娛樂公司便是他們家族擁有的企業之一，響叮噹的公司名號是取自創業者的孫子孫女名字的彥與念，即是孫沐念與她的哥哥孫沐彥。捧紅不少歌手與男子團體，也簽下許多當紅演員，目前計畫將觸角拓展到廣播劇以及綜藝節目。

憋不住消息的孫沐念，最愛把公司發展動向說給我聽，反正我是無處透露商業機密，混的領域不一樣。

因此，孫沐念根本不急著考慮是否直接考研究所，別人在焦頭爛耳決定出路或拚學分，她自然有本錢繼續清閒。未來自然等同保送舉足輕重的大公司內任職，比起其他醉生夢死的大四生，或許顯得安逸順遂，但是，既然有了明確分向，她當然也漸漸接觸與學習製作人的事務。

千金小姐的脾氣她不是沒有，直來直往，犀利卻不失禮。能讓她發火的無非是有跟屁蟲黏在身後，她便當場不給籃球校隊副隊長面子，使他難堪。本質仍是心善義氣的。

「哪裡有顏色了！妳在業界掃黃掃多了啊？」

「小、護、士啊。」

敗給她了。

大翻了白眼，當然是低著頭，不淑女得十分低調。

孫沐念自個兒笑得歡快。難得放風出來，特別愛往人痛處踩個幾下，閨蜜間都是這樣相知相惜又互相傷害的。

她有多眉開眼笑，我就有多心碎。

終於抿了唇收斂，她艷紅的唇色更加明麗。「那說到妳遇到的那個沒血沒淚喪盡天良的攝影師，妳知道是誰嗎？」

偷偷隱瞞被學弟調侃到毫無招架能力的事，保留點祕密能有點朦朧美。與其讓她大驚小怪吵得掀翻屋頂，不如我自己選擇性忘記丟人的經歷。

「嗯，梁鏡旬。」同時，我自皮夾拿出當時他硬是塞過來的名片。咳，我就是拒絕得比較不明顯。

「咦咦咦！竟然？」

「怎樣嗎？」

她這恢弘的氣勢無與倫比，駭人。

嘴上語氣雖是浮誇的，孫沐念大小姐鬆開攥著杯身的手指，樂呵呵地討好笑笑，嚥了一抹唾沫。

「呃，我只是覺得這個名字有點耳熟，大概是超過八分熟的那種。」

白眼的力氣都沒有了，這位小姐總是出人意料。「以為妳可以有點建設性的資訊，真是高估了。」

「什麼嘛，妳要是在意可以盡情網路肉搜啊！」

我被氣笑了。「是妳在好奇，我又沒說在意。」

「騙誰啊，整件事妳都繞著那個攝影師，十五分鐘的自由陳述時間，妳有十二分鐘都在講他。」她不甘示弱反擊。

「難道妳想聽我怎麼幫傷患包紮急救？」

孫沐念頓時一嗆，沒了話語。

腦補太多，果然是騙騙無知少女的浪漫言情小說看多，腦子都給弄壞了。

「好！沒在意他、沒在意他！我們女神哪會在意凡夫俗子。」投降地擺擺手，她吞下最後一口藍莓塔，清清喉嚨才開口。「講到攝影的事，聽說你們學校的公益年曆要開拍了，妳四年來都沒參加不可惜嗎？」

手頓一下，想像自己登上年曆內頁，一陣惡寒。「被人盯著的日子還不夠嗎？我才不愛沒事找自己麻煩。」

「如果被那些為了錄取，爭得頭破血流，還拿成績和人品刷曝光率的人聽見，保證妳屍骨無存。」

「形容得文雅點，妳這個愛看恐怖片的血腥教主。」

「看恐怖片沒有不好啊，促進腎上腺素的超天然方法。最近網路在說看恐怖片有助瘦身，可以試試。」她自得地打個響指，引來幾個人側目。她大小姐忘記身在金色大道的咖啡廳。「不要趁機轉移話題，我們在說年曆模特兒徵選。」

「沒什麼好說的，不想就是不想。」這句話說來挺任性的。

她長長吁了一口氣，聳著肩灑脫說：「不過也是，妳要是參加了，被口水淹沒的機率挺大的，畢業前還是當當邊緣人。」

這世代，當邊緣人還成為目標了。

夜漸深，與孫沐念道別，各自歸返自己的住處。沒有實習的日子，窩在溫馨小屋子裡最是享受。稍晚，她卻無厘頭發起連發攻擊，在通訊軟體丟貼圖與訊息洗了整個版面，逼得我空出打報告的手以及精神。

拿過被推得老遠在充電的手機，另一手摸摸額頭。這小姐又怎麼了？食指懶散地點開視窗。

「姊妹！我就說我聽過梁鏡旬這個名字啊。他是你們學校今年公益年曆的攝影師，為了創校六十周年特地邀請的！」

「雖然沒有公開招聘的價碼，但他可是重重重量級人物！簡直不敢想像數字啊。不過，我剛上網認真搜一下，他的評價是好壞一半一半，所謂毀譽參半？」

讀完信息，心裡漫起笑意與好奇。我擱下手機，沒顧及回應，挪挪盤腿的坐姿，動動筆電滑鼠點開網頁，動作一氣呵成。隨即開始敲鍵盤。

不是意欲找出真相，僅是滿足一股沒道理的好奇心。

然而，果真如此。

嘴毒、一針見血、古怪難搞、超級完美主義。獅子座脾氣、處女座處事。

帥翻、天籟嗓音、眼光精準、色彩畫面高手。

好壞參半。

指責的都是他的臭個性，沒人敢批評一句他呈現的作品與風格。不論系列作抑或是即時拍攝，全是經由腦袋精密計算安排，眼珠子內融不進一絲瑕疵。

與其偏激地形容他的龜毛，不如讚他是敬業。或許工作氣氛會有那麼點苦悶窒息，退一萬步看，在做自己最喜歡的事，滿分的付出理所當然期望能有美好的回報。

瀏覽了大量八卦與資訊，最後目光輕巧地落於藝文中心個人攝影展時被人給拍下的側臉。乾淨簡練、稜角分明，融合骨子裡的高傲與堅毅，無從挑剔的排列組合。

記憶在腦袋中倒轉。思及初遇時的兵荒馬亂，太想掩面，不堪回首。

我不知道起初僅是冷眼旁觀的他，怎麼就忽然良善可親起來，陪同被送進急診室的自己。也許沒有做到寸步不離，至少我睜眼見到的是他熟悉的面孔，下一瞬聽見的就是他溫潤的嗓音。因為剛甦醒不知情況而躁動不安的一顆心，霎時冷靜了、安心了。如清風拂面，掀起的是一陣寬慰。

若說是被醫生護士們錯當成我的男朋友，乍聽合情合理，可是認真反覆思索，莫名顯得薄弱。

對於梁鏡旬的好感與厭惡程度，一比一打平。

當時的畫面晃進腦中，姿勢彆扭地緩步出了醫院，他等在前方的柱子旁。

「我送妳。」

世界是喧騰浮華的，也是倉促傷感的。但是，他的聲息像衝破迷霧，來到耳畔，字面上的溫情與語調的輕佻卻很是違和。

愣了半瞬，咀嚼他說的三個字，當下彷彿是複雜到需要演算的公式。回神時刻，體悟這人有一項滿點技能，立刻讓我跳腳的那種，女神形象掉個精光。

瞇起眼睛，自然是起了防備。「你是不是其實醞釀這話很久了？送我回家？你不要隨便覬覦我的美色。」

吐出最後一句話的那刻，想切腹的心都有了，心中多次浮現抱頭鼠竄的姿勢。老天啊，我不是有意秀下限的。

他大大哼出一口冷氣，像是不可置信。「美色？妳？話說妳跟傳言中的形容可真有差距，氣質高冷？溫和有禮？虛懷若谷？」

非常可恨是他將我的語氣學得十足相像。

「這種被捧出來的名聲你也信？沒見過世面？多大年紀了啊？」

「問我年紀？到底是誰在覬覦誰？」

啞口無言，我氣悶。「有沒有人說過，跟你對談一分鐘會折壽十年。」

「從來沒有。」他笑了，居然笑了，很真心誠意的。

「現在聽見啦。」

「嗯，理論上完全沒有根據，不成立。」他彎了唇角，饒有深意，是惡趣味。「統計不是這樣用的。」

我拽緊背帶，抓得很緊，踩著鬱悶的步伐便要繞過杵在櫃台旁的他。錯開腳步要轉身，倔強地背對他，沒料到他伸手扯住一側背帶，力道是輕的，仍舊足夠阻止人前行。默默喝采他的快狠準，儘管不合時宜。

他再度開口，明明是風和日暖般的聲息，實際上，盡是小惡魔作祟的痕跡。最讓人洩氣的是，討厭不了他的嗓音。

有夠沒骨氣。心煩得不得了。

「這種時候公車很難等，距離捷運站，嗯，十五分鐘路程。」

聽來輕鬆灑意的一段話，我卻有狠狠輸了的感覺。

巨大誘惑在前，我的節操幾乎要被磨滅。而這種月黑風高的時段，又不好指使孫沐念接送。

「我不想欠你人情，感覺八百輩子都還不完。」

「少廢話，妳沒有更好的選擇。」

他沒忽略我眼裡的扭捏，分外好笑。慣性兜在口袋中的手推了我額頭，也許顧念我是半個病人，感覺是「手下留情」的力道。

並肩一起走進夜色裡，不多時，靠在嘴邊呵氣的手沒吹拂幾次，黑色的 Maserati 披著月色徐徐駛近。我正帶著敬意欣賞，車窗卻被搖下，看清駕駛者充滿清冷與倨傲的笑意。

默默咳了聲，收起驚異崇拜的神情。

「你是暴發戶？還是公子哥？居然開 Maserati？」誠惶誠恐、誠惶誠恐，路上隨隨便便都能遇見霸氣總裁，很不科學。

他冷哼，眼底泛起的都是不屑。「妳以為我是啃老族？」

有一秒鐘是這麼認為。

瞧他清俊無瑕的面容，沒有歲月指紋，只有眼下隱隱青影，手指乾淨漂亮好看，穿著特有的優雅，與外在流露的氣息相差無幾。這樣的人，歲數絕對不過三十。就是讓人懷疑他是何德何能，可以擁有名車！

替自己的小人之心辯駁，他卻驀地輕笑出聲。「妳真的沒打算問救命恩人的名字？」

「你算哪門子救命恩人……好好好，恩人，請問您大名？」

他勾了嘴角，標準十五度微笑，恍若他的特殊標誌。單手操控方向盤，一個俐落順遂的一百八十度迴轉，車子穩當行駛著，他的聲線同樣平和。

「梁鏡旬。」

如同在曾經校園禮堂、司儀讚頌出的名字。

格外讓人深刻記憶。

萬里無雲，但空氣中不乏冷意。

裹緊了曝露冷空氣中的頸項，寬厚的圍巾擱在肩膀上，柔軟舒坦，使人起了綿綿的睡意。

替固定時間出門健走的父親準備好今日的晚飯，同時將明後天配菜的分量散了熱，作上標籤，好好收進冰箱。打點好家裡瑣碎事情，我留了紙條釘在小木板，等不到父親繞一圈運動公園回來，關上催促著出門的手機鬧鈴。

反正過兩天排休能再回來一次，不急著今天見老爸。現在將近下午兩點，趕回學校研究室報到需要三十分鐘，此刻出門是綽綽有餘，若是再耽擱，愛操心的老爸不外乎會親自一通電話打去請假。

還是口氣凶惡威脅的那種。

想想就讓人發笑，心口是一片熱燙。家人啊，愛得自私又偉大。

儘管和父親住在同一個城市，搭公車仍需要二十分鐘車程。幸好是繁華市區地段，班次頻繁，我時常在沒有實習的日子或是得了點空檔的時候溜回家。天氣涼爽的季節裡，慢吞吞散步回家的事也常有。

父親是會下廚的，燒了一手像樣的好菜，端出去能炫耀。但是他老說我煮的才有母親的味道，直誇我是得了真傳。低頭抿了嘴笑，回憶起父親和藹的眉眼與智慧的皺紋。

他是世界上與我最親近的人。

溫軟細膩的思緒纏綣著，我斂下眼瞼垂落一線的傷感，熟練地扯了唇邊的弧度，掩飾突如其來的低落。

生命的無常，我早就體悟。

只是沒能在最早、更早一點明白，或許，就能少一分的悲傷，一分也好。

醫院最常見的是道別，或許亦是永別。做不到無動於衷，佯裝的灑脫有一天終會潰敗，我們不停學習的不單是理論與操作，更要學會面對逝去的態度。

沒來得及學好，母親帶著一身血跡烙在記憶的陰影裡，猝不及防來到眼前。十七歲的我，除了無聲哭泣，不知道能夠作什麼。

堵在喉嚨、胸腔內的苦澀，漫溢在蠻橫別離落下的空盪。

自此，與父親相依為命，被父親變本加厲地捧在手心。

長長吁出一口氣，摘下已經歸於寂靜的耳機，攥在手裡，雙眼迷茫的視線毫無阻礙地延伸出去。替自己捏捏痠痛的肩胛，眉毛微蹙。

目光觸及不斷跑過的街景，公車行駛在不平坦的柏油路，每個起伏震盪都晃得人心生浮躁。明明是首都的路面，那麼多坑洞也太丟人啦。

沒有廣播日子，連實習的路都艱難困苦起來了。

垂垮著肩膀，公車在學校門外的站前停下來。在座位上踢踢腳，等著洶湧人潮都下了車，我才慢吞吞起身。

雖然不愛大眾交通工具的氣味，聞著聞著，身處尖峰時刻的車流，更容易會引起暈眩，幸好車程不遠。

混在人群，踩著門口搭建起的木地板延伸進入校園。

路過風華廣場前的百花教堂，我慢下步伐，目光偏了偏。

方圓幾公尺內架設起許多貴重的機器，好多組腳架與攝影燈，要是不小心損壞了器材，都是天價的賠償金吧。俗氣地計算金錢，正要繞路走開，忽然想起可能是孫沐念提過的攝影活動。

多瞧幾眼，約莫十二個徵選出的校園各系模特兒，分別擔任年曆每個月份的主角，服裝是白色系，取景於我們校內近乎成為觀光景點的教堂，打個亮麗繁盛的底。

僅僅是不到一分鐘的駐足，我感受到多道探究與灼熱的目光聚集，搬運器材的學生還有人放下手邊事情探頭的。我兀自猶豫是否該快步離開，眼尾餘光卻捕捉到熟悉的身影。

與孫沐念打探出的消息是一致的。

不願意太出鋒頭，學校大多人是認識我的。

低頭半晌，無聲嘆息，然而是面不改色，自然回應遠方忙碌的廣電系學生，輕淺而禮貌的笑容，帶著不容靠近的疏離，接著收回視線。

腳步加快，沒有停頓與遲疑地走到一旁攝影區域外。大片的樹蔭掀起陣陣涼意，拂過男生深色的柔軟髮絲。

熟悉的男生側臉，似乎感覺到注視，深邃沉穩的視線掠過來。

嘴角僵了僵，我像做壞事被抓包的小學生。

遲疑片刻，在梁鏡旬的示意之下，走到他身側坐下。他側過頭瞧我一眼，又移開注意。

各自靜默，沒有猜出他的情緒。亟欲打破兩人間的尷尬。我抿了抿唇，最後手落於髮尾把弄。

「F大影傳系，二十五歲的天才年輕攝影師，現場新聞攝影獎優等獎聞名，上個月在藝文中心舉辦個人攝影展。」

他驀地正身轉過來。我不著痕跡地僵了唇角，輕咳一聲。「梁鏡旬，獅子座A型，留學德國。」

與他對視，良久，他默默笑了。我鬆一口氣。

「學得倒是挺快的。」

「當然，學霸就是厲害在能舉一反三。」忍不住得意，語調輕揚幾分。

「沒見過像妳這樣稱讚自己的。」他像是笑了，很輕、很淡。我下意識和他一起自在笑了，下一瞬間察覺，立刻收束。

我掩飾地咳咳，偏過頭不看他。「我也稱讚你了啊，天才年輕攝影師。」

他被我故意拉長的話音徹底逗樂，嘴角弧度更揚。他挑了其他話題作為聊天的開端。

「妳沒有參加年曆代言人甄選？」

「你怎麼知道？」這個人副業是偵探了吧。

他沉默了片刻，大概不想讓我得意忘形，輕描淡寫一句，「要是參加了，沒道理不入選。」

「你是不是剛剛對你的團隊發火，覺得現在必須說好話？」

他捏在手裡把玩的打火機恰好燃起星火，清冷莫名的風呼嘯，撲滅彷彿在指間的溫度，像是澆熄他罕見的和藹。這人挺危險的啊。

撓撓頭，我傻呵呵地望著他恨鐵不成鋼的冷眼，老是在他面前下修智商，徹底沒面子。

「好吧，算你有眼光。」又將話題走向繞回正題，「學校還真捨得投資，聘你拍攝就需要一筆重金，再說，這個活動所得是為了公益，學校是中了頭獎嗎？」

「講得好像我唯利是圖。」

我可理直氣壯了，「這世代的商人都是吸血的。」

他聳肩，「販賣創意，就當我是商人吧。」

發現我們的反唇相譏總是很沒營養，一點都不像剛認識的相處模樣。

打起精神呀葉若唯，不能為色所迷，這不過是打發時間。

「認真點，我是誠心發問。」

他似笑非笑，從眸底竄起的是他標誌性的戲謔。「我幹麼幫學霸解惑呢？我是冷漠無情的路人。」

徹底無語了。

我繃緊臉，可是的確拿他沒轍。「哼，不說就不說吧。」全當是學校財務部閉著眼睛通過預算了。

反正沒漲我的學費，可以算是與我無關。我也是有一身傲骨，在梁鏡旬面前卻特別放得開，連自己都訝異。

「妳的女神形象真是掉到連渣都不剩。」

「沒有假仙的偽裝，世界上哪有女神？」用了他最為擅長的嗤笑，撩撩讓風拂得一臉凌亂的髮，我不假思索說：「在看清的人面前裝不是挺白痴的？」

他低笑，清風朗月的那種，格外舒服。「還不算沒救，有自知之明。」

見他大爺沒有要突發善心的意思，外面冷得很，我不願意再陪著喝西北風，果斷且俐落起身，拍拍沒什麼沾上灰塵的褲子。而他壞笑的俊顏與高挺的鼻子，近在低頭就能觸及的距離，免不了心跳漏拍。

這顏值擔當完全可以震懾全場。

但是，美色是浮雲，生可以帶來，死不帶去啊。

「我走了，工作加油。」言不由衷地表達鼓勵。

沒料到，他倏地跟著站直頎長的身形，硬生生高出我一顆頭。原本對自己的身高挺滿意的，如今深深鬱悶。這人是從小灌牛奶長大吧。

身高的失利，無端讓人英雄氣短。我後退一小步，保持能好好喘息與理直氣壯的差距，挺起胸膛。瞇著眼睛，不希望他發現我時常因為他的嗓音心安。

儘管是細微，連自己都幾乎難以覺察，仍然不願被抓住一絲一毫異樣，要是成為把柄，八成被笑死。

「我是受人之託，友情贊助。」

一愣，半晌才意識到他在回答我的問題。

「看不出來你情深義重。」終於憋出一句褒貶不明的話。

「呵，我的冷漠無情是針對人。」

不能好好地、愉快地、友善地交談嗎？

低頭，悶著氣。清風拂面都沒有吹散我羞惱的臉頰熱度。

「對了，妳不是欠我一頓飯，什麼時候可以還債？」

說這話時，眼角眉梢都是瀟脫和倨傲，笑意是輕淺的，背景的攝影燈光在遠方一閃一滅，點點的暖光竟然不如他亮眼。

這份認知太折損人的自尊心了，必須打住。

我咳嗽，有點扭捏，「不是啊，大大大攝影師，你要體諒窮苦大學生的生計，現在是月底。」

他的笑是從鼻子出來的，冷冷的、不屑的，很讓人體會世界的現實殘忍。

「你現在是不相信嗎？」攏攏長版的針織外套，雙手放在口袋裡，在他眼前轉轉自己的身子，像在檢視哪裡不對勁。不對，我後知後覺摸摸自己的臉，泛著涼意，但是，分明是真誠真誠。

梁鏡旬認真上下打量，氣定神閒說：「妳這一身專櫃衣服，夠請我吃三餐了。」

「所以說，人要衣裝，然後就會遭到淒慘無比的月底劫難。」順口對他耍無賴。戶頭當然是略有存款，只是每月給自己訂立的額度確實要破表了。

浪費不下去。

沒勇氣打破原則浪費下去。

「妳自己窮，怪我。」

「為難窮人，當然怪你。」

他好氣又好笑，約莫是覺得我不可理喻。但這可是攸關生命存亡的生活費，不能輕易妥協了。

瞅著他淺笑不語的表情，無端能感受到一些鄙視的眼光。扁扁嘴，偏偏他不直白奚落，回嘴的機會都不給人，這什麼意思啊。

太鬱悶了。

環顧拍攝現場，化妝師仍在補妝，模特兒仍在試衣或練習姿勢動作，圍觀的學生來來去去，現場乍看是凌亂沒有秩序的。

難怪這個公子哥會爆氣。

踟躇片刻，猜想這人口味肯定刁鑽，要是指定一家殺掉我一天飯錢的餐廳，我會欲哭無淚。人生好難。

忽然靈光乍現，我眨眨眼睛。他收起像是愛不釋手的打火機，冷淡平靜的目光瞥過來，毫不掩飾對我燦然笑顏的鄙視。

無妨，誰讓我現在矮人一等呢。

「你們拍攝到幾點？」

他瞇了瞇眼睛，掠過眼前人仰馬翻的現況，沉在眼底的輕視與不耐始終沒有消除半分。面對工作時的冷肅當真不同凡響。

「應該會到六點，天黑會影響光線，開會討論完大概七點。」他挑眉。「怎麼？要趕在最後時刻才送餐？我肚子餓只會更暴躁。」

「呿，你不要小人之心。我決定回住處煮飯，買菜洗菜什麼的總要時間，我要看能不能趕上。」

他完全不將脾氣差當作缺點了。我表面上自然優雅隱忍，內心是千萬個雪亮的白眼，他對誰都沒有偽裝，讓人欣羨的率性。

「妳煮？」他輕笑，「真的能吃嗎？」

我要跟他理性溝通啊啊啊啊。

他的唇角更彎了。

越來越多目光集中過來，只是我一點也不想攪和在沒參與的活動裡頭，身分尷尬。

我挨著他又蹲下，側過身體的姿勢吸引他注意，沒覺得是大問題，他趕在我開口前輕笑起來。

我一臉懵樣。

「現在才想起自己引人注目？妳的外型辨識度挺高的，不當年曆模特兒很可惜。」

「你是要給我拉仇恨值吧。照你說我是只要參加選拔，能穩當選上，那不就要被一堆女生恨死了。」

「妳擔心的事真多。」

能不要有這些多餘到不行的擔心嗎？煩人的事沒有極限。

不知道是不是因為他已經手握權與勢，他的能力和名聲足夠讓他灑脫自我。還是，這就是他與生俱來的小驕傲？

真是讓人羨慕的率性。

誰愛一舉一動都給人放大檢視的高調。

「沒辦法，我社會底層，看人臉色。」故作煩惱的幽默，我聳肩。

他眸光微動，緊盯著我。倒是沒有繼續這個話題。

「妳這時候出現在學校幹麼？想我了？」凝在他嘴上的邪氣調侃多麼充滿惡意。

「你見過苦命人想念債權人的嗎？」

「很難說，妳個性特別。」

瞇了瞇眼睛，被風吹得乾澀，有些不適。

他將手兜進口袋，光線勾勒他完美的輪廓，晚風也將他率性的黑髮拂得凌亂，氣息清冷又倨傲。

敢站在他身邊的我真是勇氣可嘉。

「我來充當助教監考，結束後我要趕回去準備你的晚餐。」

「是嗎。」眸光微動，深沉深沉的，最終落在我的腿上。「受傷了還來幫忙，沒想到挺敬業的。」

「當然，我身殘志堅。」

果不其然，他憋不住高傲形象，漂亮的唇角歪了歪。

手錶的短針很快走到數字五。

熄了火，將菜色仔細排列好放進餐盒，盯視許久，抽出紙巾擦拭鐵盒壁緣的菜汁，完美地呈現。

聽著細微的分針行走，細細的汗水沿著額際然後沒入頭髮，隨手拿起餐巾紙胡亂抹了抹，放下隨意紮起的凌亂馬尾，蓬鬆散落在肩膀，擁抱著熱氣。

就算平時對烹飪有再多的興趣，一個下午煮兩次的高頻率也是空前絕後了，累到不行，妝肯定都花了。

進浴室梳洗一番，實在沒力氣再化好全妝出門，自暴自棄地只擦隔離霜，反正天要黑了，選擇性失明，什麼都看不見。

好姊妹要是聽到我的心聲，絕對下一句笑我自欺欺人。

天色早已經暗了下來，午後的雨來得莫名其妙，但是，將夏末初秋的悶熱都洗淨了。拂面的風是清爽的，迎著風，我重新回到校園。

晚間來往的人不多，拐過彎，有些愕然，我頓住腳步。

廣場上的光景與先前並不相同，大多人都是趕著前往一個地方，並不停留。也許目的地不同，但人流確實是快速的。

我將視線投向原本該在進行年曆拍攝的場地，燈光與布幕，甚至是無數腳架與相機都已經收整好，空蕩得什麼也看不見。

人呢？

雀躍緊張的情緒狠狠被潑了一桶水，徹頭徹尾將所有喜悅都澆熄，將所有期待都淋得軟爛，湧上臉頰的熱燙除了尷尬與不甘心，還有更深一層的失望。

深深吸一口氣，初秋晚風涼意灌進鼻腔，徹底將心口的燥熱都撫上大片的冰冷，將紊亂的思緒壓了壓，沉進不動聲色的面容。

低頭盯著腳尖，隨後，像是拽住一根救命稻草，抿了唇，目光不放棄地在周遭兜轉幾回，熙來攘往的過客歡笑著，都不是我預想中的聲息。

扯了嘴角冷冷地笑起來，看來是熱臉貼冷屁股啊。

頹喪又受傷，用力攥著手提的便當袋，彷彿稍微鬆懈一些都會讓自己承受不住，剛剛是怎麼想的，好丟臉，難得鄙棄起自己的思考迴路。葉若唯，妳就是個大大大傻瓜。

真想抹煞路途上腦袋裡所有期待與預想，簡直丟臉到讓人不忍直視，絕對會生無可戀。

期待著他會露出什麼樣張揚好看的笑容，期待著他會給予如何的稱讚，期待著他舉手投足間的優雅溫潤……最後的最後，其實最期待他吃著我準備的晚飯，展現自負的廚藝。

期望被推得太高，失足的陷落的確是格外疼痛。

他呀……梁鏡旬這個臭男人根本不在意啊。

兩人對彼此的在意指數根本是天壤之別，說出來都是血淚。不過，絞盡腦汁認真想想，究竟為什麼，我會對這個見面次數不超過五根手指頭的男生存在好感？

不單純是外貌，還有其他。

重新調整好呼吸和情緒，儘管頭頂承著無形的烏雲，依然必須抬頭挺胸、步伐娉婷，女神形象不好呵護呀。

轉個身，緩步朝門口走，攏緊了薄長衫，面色輕鬆如常，心裡頭卻反覆尋思該怎麼處理這份多出來的飯。有些心不在焉，直到一道聲音的呼喊由遠而近，直逼到眼前。

「學姊、若唯學姊！」

我愣神，眨眨眼睛。

「你好？」

這臉孔是半生不熟，我揉揉眉角，是學校的同學，還是醫院遇過的病患？依照時間的可能性猶豫著，難以分別。

滴著汗水的柔順髮絲被風任意拂亂，撩起真誠的率性，年輕的面容還有殘存的稚氣，綻開勝過夕陽的溫暖笑容。我回不過神，視線與理智要被他的燦爛捲進去似的。

頎長的影子落在他的身後，被光線拖得好長好長。

竄到跟前招搖的小酒窩加深幾分，他吞了吞口水，喘著難以輕易平息的粗氣，似乎是一路奔跑的後果。

我幾乎要脫口一句「你是哪位」，他侷促抓了抓髮尾，「嘿嘿，我、我是裴宇信，就是……嗯，學姊妳忘記了嗎？」

他聲音裡頭的委屈像是傻氣卻銳利的指控。我有些汗顏，臉部辨認失能不能怪我，眨了下眼睛，更加誠心思索，終於翻起一些相關記憶。

「實驗室？」

「對對對！第一次跟學姊說話的地方，實驗室！」

原來是實驗室少年。

他又逕自說著，「要是真的不記得我會很尷尬傷心的。好險好險。」自覺地閉了嘴，很想吐槽他喃喃自語的音量分貝沒控制好，不過最讓人無語的還是他的認知。

現在的發展難道就不尷尬嗎？

我跟你一點都不熟呀，算起來就是牛排還可以見血汩汩流淌的那種！

「學姊怎麼還在學校？聽說大四修課都很少的。」讓人忽視不掉的是他語尾的雀躍，

「這樣都能遇上學姊，今天是幸運日呀。」

笑容得意了，蠢蠢的，莫名好笑。

「嗯，來監考。」

他點點頭。「原來如此。那學姊吃飯了嗎？要不要一起吃？我今天剛好不用打工，也沒有系隊練習，可以跟學姊一起吃飯嗎？」

用力眨兩下眼睛，閃爍謎樣的光，嘴角弧度深刻許多。

我的天，這年頭的孩子們很奔放直接啊。

躊躇片刻，僵硬的身子微動，手指縮了縮，才拉回點被他的狂熱沖散的理性。瞧了手裡無處安放的餐盒一眼，心底拂出若有似無的點子。

感覺有點不好，欲擒故縱什麼的，但是，一時間好像沒有更適當的方法。

在我看來，送一份親手做的便當比一起出現學校附近餐館輕鬆多了，這世界是多困難的模式，捕風捉影的流言蜚語一下子在校園網被熱議的事件多到不可數，我的小心肝不能承擔。

做足心理建設，我將散下的一綹碎髮勾往耳後，「我待會兒還有事，要趕去實習的醫院。」故作從容鎮定。

「啊……」

拉長的語助詞充滿明顯的失落，我太陽穴突突抽了兩下，要心平氣和，要用愛與關懷、愛與和平！

漾開越發和藹溫柔的微笑，抬手順勢舉高便當。「我剛好多蒸了一份盒飯，不介意的話可以嚐嚐。」

雖然嘴上是說蒸飯，老實說根本不是什麼隔夜菜，完全新鮮，營養保證。這些真相當然不能說了，別讓舉手之勞變得慎重呀。

意思表示可是雲泥之別。

他沒有說話，睜大了雙眼，黑亮的眼是清澈的，我能看見自己面容倒映進去，被溫柔地包覆承載。

搔搔臉，有些頂不住那和善的笑意。

正手足無措，抬眸恰巧撞上逐漸且大量在眼底暈開的愉快。我沒能好好反應，傻傻怔著，我恍恍然，察覺一個要命的事。

面對這個純粹又陽光的小男生，永遠猜不透他的下一步，他永遠有出乎意料的付出或貼心。

我只能在被動的位置，試圖掩飾自己的口拙或狼狽。往常的應對如流竟然在他面前變得一百萬分生澀。

這是妖術呀。

「是學姊做的便當？」

「喔，對的，不介意的話……」

「我要！」他立刻截斷我的話語。

像是害怕我接下一句婉拒，思及此，不禁失笑。

遞出手，我歪過腦袋。「別抱太大期待，味道就一般般。」

別抱太大期待。

這是我今日最慘痛的深刻體會，心裡全是眼淚。

「不會不會，一定好吃！」握著拳頭大力肯定，這軟萌的孩子生來助長人信心的。

他笑了笑，拍著胸脯。「至少絕對不會跟我打工店裡的店長一樣，那是黑暗黑暗黑暗料理。」

強調三次的「黑暗」兩個字，我笑出聲。挺正常的，現在多少女生都不進廚房了……

咳咳，不對，他打工不是餐飲業嗎？

「搞不懂這是褒還是貶。」

「褒揚！」

也許我的似笑非笑太過自然流露，帶著揶揄意味，他急著闡明立場。環抱著胸，我扯緊了外套，高傲疏離的氣勢柔軟幾分。

忽然，耳邊轟隆響起他說過的告白，雙頰頓時不自在地泛紅。最好我會忘記這麼要命的事情……

輕輕咳了嗽掩飾。「沒別的事，我走了？」

「那這個餐盒……」

回首，他伸長了手臂，動作猶豫不決，定格半空中，最終，是在我的注視下收回，摸向後腦杓。笑得有些愚魯討巧。

「過幾天拿也沒關係。」揚了眉，語氣滿不在乎，我擺擺手，已經轉回目光繼續向前。逆風的音量小了，可是，我確定他聽見了。

因為他的喜出望外全部乘著風捎來，半絲沒有落下。

第二章

躺在柔軟得讓人不捨得離開的床墊，思緒飛快輪轉，一點一滴都清晰了。

原本已經放鬆的精神又緊了緊。

抬手擋住眼睛，睫毛輕輕搧在手背上，點起一絲絲漣漪，心底泛起無限懷想。惰性發作，死命黏著維持姿勢也不願意下床關大燈。

告白這種事情呀……

漫長青春時光裡遇過不少，但是，大多是迷戀我的外表便輕率將喜歡脫口而出，所以遭受拒絕通常也就放棄了。

我是明白的。沒有一顆真心的他們，我不會對自己決絕的撇清感到愧疚。

只是，人心是最不可測的，我知道不能一味用理智去衡量一個人的真誠與否，有時候，直覺的感動與朦朧的感受是可靠的。

於是，我在大二那年勇敢走向愛情。遺憾的是沒有幸福快樂的結局，相識到相伴的時光全讓爭執蒙上一層暗灰，提及他，率先想起的都是他的責備與得理不饒人。

是什麼因緣際會認識的呢？

科系的聯合耶誕舞會。彼此都是工作人員，事前開會以及往後的彩排頻繁，見面與相處時間因為分組關係增多。

他懂的事情很多，聊起天來沒有感覺壓力，說話也幽默，交往反倒是成為一個不意外的必然。

點著頭答應的當時或許衝動成分多，但是，誰沒有少女心發作的時候，老早在曖昧期間無數次設想，想裝作若無其事都很難。

朋友們的起鬨也不斷推波助瀾，要是沒有順理成章走到一起，好像會對不起他們的推捧與心情。

說出「我也喜歡你」的當下，被他用力擁進胸口。靠在他的胸膛，所有紛擾與躁動平息了不少。他攬著我肩膀的雙手還在顫抖，我悶悶笑開來，他不想讓人發現他的不爭氣，臉色佯裝雲淡風輕。

只有我聽見他左胸口的欣喜若狂。

曾經以為這份愛情是明媚純粹的的色彩，不料，居然在時間中沖刷出不美麗的鏽斑。

他不是一個特別有自信的人，而我，是特別受人矚目的存在。

儘管盡力避免和男生獨處，總有不可抗拒的情況。實驗分組或是寒假實習，這些都成為他眼裡的不可容許。系上朋友群的邀約沒讓他跟上，他絕對會鬧一個晚上的彆扭。

總覺得他小心眼與緊張兮兮，可是，畢竟第一次談戀愛，我深怕自己想錯或做錯了。姊妹說起我與他，孫沐念可直接了，當頭棒喝批一句「他是控制慾過剩啊」。

「別到最後才發現是恐怖情人，唯唯妳要小心些。」

「應該不會吧……」那陣子的爭吵都讓反駁削弱幾分。

揉揉額際，我開始困惑，他究竟是不相信我還是不相信自己？他究竟是太在意我還是顧慮自己的面子？

日復一日吵架，而且，分明每次都是為同一件事情。

再怎麼愛也是會累的啊。

我才沒有那麼多時間精力天天安撫與照顧他的情緒。

老是要我為他著想，我的光芒給予他很多壓力，我的堅強讓他覺得自己一無是處，這些難道是我的問題嗎！

心裡忍不住想：他媽的誰愛堅強了？我要找的依靠不是你。疲憊得身體健康都要癱掉才領悟，確實是晚了。

他的軟弱，我沒辦法再扶持包容了。

從相識到交往，四個月的時間；從交往的分開，七個月的時間。將近一年的時光消耗在他身邊。沒有刻意要以時間計算情感的深度，只是我認知裡的他，終究是我以為。

「我也想談一場不會分手的戀愛啊……」

可是呀，理想與現實是截然不同的。

接連忙碌著，所有小煩惱與小失落瞬間都拋到腦後。時間全被實習與準備國考填滿，我一定是熱愛過勞症末期，非常瘋狂地又去報名了英語會話密集一個月課程，說出來都讓人瞠目結舌。所有計畫的完成建立在每天清晨六點起床，以及半夜兩點闔眼的忙碌之上。

到學校的次數少了，自然沒有再見到裴宇信，心中也稍微鬆一口氣，盛情難卻一直是我的致命傷。

生活像是蠟燭兩頭燒，不過，都是自己的選擇，無從抱怨。

一面將數據資料自網路載下來，核對著書籍的公式計算。似乎坐在位置上太久了，舒展開的雙腿有些痠麻。我張嘴哀哀兩聲，艱難地挪了挪身子。

捏了捏痠疼的肩胛，長長呼出一口氣，決定一鼓作氣，快速打進所有訊息與說明，提出異議部分耗費多一點腦力，不時瞄瞄桌角的黑色時鐘，時針的滴答聲漸響。

越是接近下午三時三十分，時間的走動腳步聲也放大了。

敲在心尖上引起緊張的戰慄，神經都掐緊了。

呼！動了動滑鼠，輕輕點了兩下儲存。再次確認時鐘的顯示，還有一分鐘，趕緊滑了滑椅子的滾輪，到牆邊拿出背包裡的耳機戴上。

我默默倒數著，難得淘氣，刻意正襟危坐。

「這裡是Listen to love，聲聲不止息，大家午安。」

嗚哇！午安午安午安！

天天從早到晚累得像狗，偶爾經過校園，看見常常蹲踞醫學院前的校狗，總是興起「我們是同伴」的感嘆。

所以呀，只有這個時刻，每個星期難能可貴的這個時候，著迷於這道男聲的我可以得到精神的安慰。

捧著臉頰陶醉，壓低了坐姿，免得讓人瞧見護理系女神在圖書館發花痴的醜態，還是對著廣播中的男音。

「今天是我們《聲聲不止息》節目播出滿三個月的日子，我們的製作人也來到錄音室現場，接下來，有請他替我們解釋一下節目製作理念，以及未來可能的發展。關心聲聲不止息的聽眾們不要錯過了。」

果不其然，耳機彼端立刻傳來另一道陌生的聲音。我洩氣地垂著肩膀，禍不單行都不能形容我的悲慘。

就算這個製作人的聲音沉穩內斂，語帶溫和笑意，可是，輕揚的語調裡頭總是透出一絲倨傲，極細微，更是與生俱來似的。身為專業聽眾的我是輕而易舉察覺的，所以，真叫人失落啊。

製作人的聲音哪能比得上我們 Love 大神的聲息。

前幾天上臉書與論壇，甚至是微博，才發現聲聲不止息的迷妹們超有共識，替老愛搞神祕的廣播主持人取了代號，好讓大家崇拜時有個呼喊。我扶了扶額頭，竟遲遲才追蹤到這麼重要的消息。

製作人的言語幽默風趣，只是，佔用了 Love 大神說話的時間還是讓人懷抱憾恨。重新開啟文件檔，著手一些不需要動腦的輸入作業，分心聽著廣播。

「好的，不久的將來我們會規畫更多有趣單元。前天收到的回覆我們都會逐一看過，給你們最好的企畫。那麼，既然我們是 Listen to love，現在將時間還給你們的 Love 大神。」

話落，可能不夠及時離開麥克風的收音，仍然將一些刻意壓抑過的笑聲收錄進來。聽說兩人是至交，稱兄道弟鐵打的關係，要製作人說這種粉絲取出來稱呼，確實很彆扭吧。

沒忘記按下存檔，某次電腦當機將報告一秒損毀的經驗歷歷在目，我可不想關鍵時候再爆肝一次，人老了虐待不起。手指轉動筆，大神溫和清淡的聲音染著幾分笑意，徐徐飄盪在耳邊。

大神呀……這樣的聲息肯定會讓人念念不忘。

可是，此刻腦中浮現那個放人鴿子的臭男人是怎麼回事？

瞇起眼睛，我咬牙切齒，長這麼大沒有如此尷尬不服氣過，這些第一次經歷的情緒全獻給他了，一點也開心不起來。

仗著幾分姿色和能力，聲音嘛……嗯，他的聲音是如何來著？

比起來，我似乎一直將注意力放在他的冷傲輕挑的語調，以及淡漠又邪氣的微笑。現在回想，對他的關注好像有些超乎尋常。

向來明快的行動像被水草拖絆住似的，眼前護理師與病患來來往往。

我不合常理的停頓顯然是罪大惡極。

但是，我握著手機，仍然沒辦法聽從大腦理智發出的命令，眼前驀地籠上一層怔然，像個忽然全身癱瘓的人。

深深吸一口氣，低頭，仔細又反覆盯著訊息。

我的通訊軟體是設定綁定手機號碼的，一旦儲存我的號碼進通訊錄，立刻可以看見我的ＩＤ出現在可能認識的清單，所以我不愛輕易給出連絡電話。

抽了抽嘴角，暗自慶幸沒有太手殘，要是過於俐落將視窗點下封鎖，好像顯得我心虛或小肚雞腸。就算我真的記仇，也不能讓那個臭男人抓到把柄。

故意給錯的電話號碼？

內心愕然，我將訊息再往上滑一些，深深覺得是被手機坑一把了。

完全沒有跳出通知呀。我打起精神，馬上去翻未接來電紀錄，即便沒有輸入梁鏡旬的手機號碼，他的名片我也上下左右研究千萬次，因此，目光落到一個顯示號碼，徹底愣了。

我要去系上露個面，妳到時打個電話給我。

我沒有回傳訊息。

不讀不回是打算裝死了？行，我走了，債權人不強迫行使權利。

滿滿的未接來電都是那天，還有他的訊息！

敲了敲手機，平時太虐待它了，重要時刻總是讓人漏了訊息。汗顏，真想找個洞把自己給埋了……能以後都不再見到他嗎？

我拿什麼臉去面對他？

如果他知道原本要給他的便當進了其他人的胃，甚至是路上亂槍打鳥地送出去，一陣惡寒呀，我的前途堪憂。

整個人都慘澹起來，年長的護理師特地來關心我是不是身體不適。頭頂上的烏雲連別人都看出來，平常鐵血的前輩也出聲慰問我了。

我可沒有時間慶幸與感動，揚著虛弱笑容搖頭。「我沒事，謝謝關心，應該是昨天太晚睡了。」

「唯唯啊妳太拚了，我們看了都心疼，這工作本來就辛苦，雖然妳只是實習，可是能力好出了名，聽說妳額外還在上英文會話課，不要累倒了，很得不償失的。」

「好的，我知道，我會注意。」

明擺著說我要是累了病了，同事們絕對會忙翻天，能者多勞呀。

「女生身體很難照顧的，妳自己學這科的，別輕心了。」

我大大點頭，站起身哈腰。護理師前輩接過我找出的病例報告，接著扭腰離去。直到她走到幾公尺之外，我才頹然跌坐椅子上，心累。

身旁營養系的大三實習生倒是眉眼含笑，閒聊過幾次，談不上熟稔，不過彼此還是可以互相調侃的。

她手握藍筆，敲了敲書面資料，低聲打趣道：「學姊平常不是聽見老骨頭的話都會被激得發憤圖強嗎？」

「我現在還不夠發憤圖強嗎？」神情憮憮。

「老骨頭大概是希望妳發揮到極限吧。」歪過紮著馬尾的腦袋，抿著唇調笑。太讓人無語了，站著說話不腰疼鐵定是形容她這模樣。

打了手勢，闔上資料夾，順勢將話題停下。說多了都是淚水，必須先建立信心和勇氣，老實說，真想摔爛手機一了百了。

可惜我窮，辜負誰都不能辜負自己的血汗錢。

「咦，學姊今天打五點的卡？」

「喔對，回家養精蓄銳，不要阻止我。」

拽起刷破牛仔外套披上，搖搖晃晃離開櫃台。約莫是臉色真的過分難看，連例行到醫院檢查的老人家看到我都問候幾句。

我前幾天手機壞了。

拍拍胸口，幸好只是動動手指回覆訊息，不用假裝不動聲色。

不料，那一頭的人不按牌理出牌，先發制人。我沒來得及將手機扔進包裡，掌心便響起滋滋震動。

「您好，敝姓葉，很高興為您服務。」

我是小孬孬，口氣溫和卑微。

遠處的他沉默半秒，「護理系混不下去，改當客服人員？」語氣是百分之百的鄙棄，聽得人青筋直抽。

沒辦法好聲好氣說話了。

「你才混不下去了，藝術家都是有這一餐，下一餐沒把握著落的。」

「呿，妳說的是不成材的藝術家。」梁鏡旬就是梁鏡旬，沒有人像他這樣狂妄。古怪的是，他說的話竟不令我刺耳反感。

我將手機換到另一隻手，以慣用手在包包中翻找著交通卡，一面抬眼關注路況。

「妳在哪？」

「我們什麼時候成為要互相報備所在地的關係了？」

「少臭美，我是要行使債權。」

果然是不用期待這個人有良心了。我沒好氣道：「實習剛結束，準備搭公車離開呢。」

話筒裡傳來狂風的呼嘯，掩蓋他的說話聲，我下意識發出不解的語助詞。

「聾了嗎？我說，妳在哪，我去接妳。」

如果忽略前面那句充滿惡意的嘲諷，我可以替這發言下一個天籟的評論。

踩著鞋跟，喀達喀達踢著磚塊地面，突然有點吃驚。我努力鎮定下來，「你一夕間變得樂善好施，好可怕。」

「少廢話，受寵若驚就直說。」

「誰說我驚嚇了，我很冷靜。非常淡定，好嗎？」

他輕笑，依舊氣定神閒。「誰回答就誰了。」

我磨磨牙齒，想要掐人來找不到敵人，沒有比這更悲慘的了。

「梁、鏡、旬——」

「妳不用反應這麼大，我餓了，就這麼簡單。」

你餓了，這是生理需求，確確實實是簡單的理由，無從辯駁。

但是，追著我提醒欠著的人情，要賴著要我請吃飯，如此霸道總裁的作風，小鹿亂撞沒有，膽戰心驚倒是挺深刻的。

咬了咬嘴唇，還是個不合格的霸道總裁，不是該請我吃飯嗎！

看來對我別有意圖這個可能性是可以乾脆地刪除了。

風沒有昨天喧囂，只是溫度下降得有點異常，不溫暖。

等在晚風中，倚靠著醫院側門左邊的大理石柱子，收回遠望的視線，侷促盯著腳尖，鬢角碎髮被吹得凌亂飛揚，煩躁地伸手拂到耳後。

眨眼的時間，一輛保養得晶亮的車子竄進視線裡，低調的黑色在夜裡卻是異常明亮，我的眼底像是承接起墜落的星光。

我壓了壓胸口，平息突如其來的莫名窘迫。

「上車。」

低沉的聲息捲在風中，像自海底翻起的深藍浪濤，清清冷冷。

我揉了揉鼻子，歛著眼瞼遮掩一瞬的困窘，只感到全身從頭頂到腳底都冒著熱氣。他將車窗搖下來，略為矮著頭低下目光，光是被他這樣注視著，我的呼吸便有些紊亂，有芒刺在背的不適感。

他的眸光深邃，溫柔繾綣，與他說話的語氣有巨大差別。

「看來真的要去檢查聽力了。」

頓時，我鼓著腮幫子，顯得氣急敗壞。「你、你才需要檢查，你全身都要健康檢查！」

眼角泛起一滴水光，咬到自己舌頭了，報應來太快了。

避免他再人身攻擊，也不願意在醫院門外繼續丟人。趕緊蹭到車邊。不過，依然遇上嚴重問題，該是自然而然坐在前座，還是該含蓄矜持？

思索著，右手才剛觸上前座車門把手，就感覺一道力量，將沉重的車門推向我。

倏地抬眼瞧他，他淡然收回手，黑曜石般耀眼的眸子蘊含碎光，桀驁得理所當然，抬高下巴示意我入座。

克制怦然的情緒，我心不在焉的回答近乎淪為陰陽怪氣。

我逐漸發現，且不可否認，在他面前我不用在意他人的眼光，不用害怕出糗，因為光是他一個人就夠我提心吊膽。

我私下的一面總是在他面前會變得傻氣而古怪。

「在想什麼？」

我囁嚅，「沒、沒想什麼。」

「是嗎，但是我已經想了什麼。」

「啊？」

「妳剛剛提到的全身檢查，是指婚前健康檢查嗎？」

這種想直接甩他車門的衝動一定不是錯覺，也一定不是我的錯！

又一次，感覺更強烈了，從頭到腳冒著滾燙熱氣，然而，始作俑者依舊從容不迫，沒隱藏眼底的戲謔。

忍住白眼，仍然不解氣，我氣結，「你會不會太無聊了？」

「開不起玩笑？」他挑眉。

「這玩笑涉及的話題太敏感。」輕輕咳嗽，我義正詞嚴。

「不覺得。」他若無其事聳了聳肩，修長漂亮的雙手搭著方向盤。豪不客氣嗤笑，「妳不喜歡我，我也沒喜歡妳，我們不曖昧，能有什麼問題？」

我啞口無言。糟糕，覺得滿有道理的。

果然太累了，理智都餵狗了，居然自亂陣腳。

仰首讓風吹散一些臉頰熱度，總覺得心口煩悶，分不清是不服氣還是失落。他不是看不起我，是不在意。

咬了咬下唇。葉若唯，妳不能因為被吹捧慣了，變成驕傲到不知天高地厚的小公主。

我不作聲，他拉開安全帶探頭，見我動作遲緩，語調染上不耐與無奈。「還不上車嗎？陷害我當路霸是不是？」

「被害妄想。」

嘴上雖然抱怨，手腳卻是依言上了他的賊船。怎麼樣都轉換不了心情上的彆扭，順手將位置上一袋子的食物拎起。猶豫片刻，不嫌熱地得放腿上了。舉止是穩定的，我盡力偏開視線，沒力氣對上他的探究。

他的表情似笑非笑，緩緩倒出車子，蠻橫駛離原地，靜靜混入下班的車流裡。直到此刻，我還是暈呼呼的。實習結束有人接送的感覺很奇妙。

尤其這人……這人怎麼了？

好吧，他顏值高了點、口袋深了點，還少年得志。抿了唇慘澹微笑，不得不承認，梁鏡旬的條件要尋常人優質。

覷了他一眼被發現，我趕緊故作無事，心卻跳得作響如雷。我屈了手臂靠著車門，離他遠點、離他遠點，賀爾蒙害人不淺。

「這是……」很迷茫，抱著兩份日式飯盒，包裝得分外精緻。

他眉目不動，一手垂放下來，左手扣著方向盤。瞇了瞇眼睛，以為他臭脾氣又犯了，打定主意不理我。但他溫和的嗓音又揚起，仔細聽才會察覺染著幾分睏倦，像是迎著海風拂水而來。

溫軟而潮濕。

也許這是第一次，如此排除所有偏見與情緒，好好的記憶與欣賞他的聲音。

他的嗓音呀，真的是超過八分熟的熟悉。

可是，究竟在哪聽過呢……

也許很相似，然後，存在著細微差距。

真相只有一個，卡著一個疑問在心裡面很難受。我瞄瞄他，剛硬冷峻的側臉線條像是鬼斧神工刻鑿似的，癟癟嘴，依照我對他的淺薄了解，小鼻子小眼睛超級小氣，個性壞脾氣臭，才不會幫我解惑。

何況，從何問起也是難題。

汽車內空調的風是強勁的，眼睛感到有些乾澀，我伸長了手轉移風口扇葉。發現梁鏡旬一瞬間的瞥眼，我僵了唇角坐好。接著，陷入很長時間與很長路途的沉默。

蹙起眉，神色嚴肅。忽然，太陽穴受到輕軟的觸感，我愕然，稍稍愣了下，眼見他嘴角恣意的弧度，是會亮晃人眼光的耀眼，我努努嘴，心裡想著這男人真是禍水。

「幹什麼？不要動手動腳。」我沒膽子看他，垂著腦袋把玩自己的手指。

儘管玩不出新把戲，也挺無聊的。我在心裡嘆一口氣。

「誰叫我出聲沒人回應。」他的側臉轉過來一個角度，恰好一覽無遺完美唇角裡頭蘊含的邪氣，眼裡的笑都是嘲弄。「再問一次，這是關心，真的不用檢查聽力？」

我咬了咬牙，他的樂趣應該是言語霸凌我。

二十一年來練就的好口才被他壓制得無法發揮，要比毒舌，顯而易見的，梁鏡旬在行許多。

我看了錶。「我們現在到底要去哪？」

「這是劇組給的便當，我多要了一個。」

我一愣，揚起聲調。「劇組？」不對，他怎麼還是一貫地選擇性回覆。

他不覺得有哪裡值得疑問，穩穩轉了彎，抿著唇哼出一個字的肯定，我正要追問，只見他左手按下車窗，平面停車場的警衛對他露出和藹的笑，閘門立刻唧唧上升，我還在一頭霧水。

「停車場？」

「看不出來？」

語音剛落，與此同時，他熄了火拔起鑰匙，發現他已經在角落停好，我對現在事態的發展一無所知，不得不焦急。這人老是不解釋，問多了我自己都要嫌棄自己的智商。

他擺明是嫌麻煩。

我轉過身子，然而，他目不斜視，自在壓下椅背好好舒展曲著許久的雙腿，闔上眼睛，眼睫微顫，似乎要假寐。

「醒來醒來，不准裝睡。」

他不吭聲，也不動彈。我推他一把。「再不說話，我要開門滾了。」

「知道路回去的話，妳可以試試。」

「小看我，當我不會看 Google 地圖嗎？」

他掀了眼皮，所有星光像是墜入他深黑的眸子，輕笑起來，溫和的聲息不緊不慢，不是善意，是戲謔呀。

他自我手中拿過其中一份便當，依然是漫不經心的口吻。「看懂地圖很簡單，按一下規畫路線，一根手指頭的事。」

「是吧。」

「喔，它會計算公里數，期待妳看到之後還是一樣快樂。」

這個人不懷好意。

用不著確實點地圖查看，完全可以預想驚人的數字。要從這裡走路回住處，不光會長小腿肌，不幸還會斷腿。攔計程車的話，車資絕對是可觀得讓人肉疼。

可能我一臉厭世的神色逗樂了他，修長骨感的手指夾著筷子，筷子伸來尾端敲敲便當盒身，我沒來得及開口。「不餓嗎？」他問。

瞥眼，他已經倏地端正坐直。

「呃？」

「還是其實生氣就飽了？」

一把奪過被他抓住的便當，抱緊。免費的，不吃白不吃。

迅速拆了橡皮筋，開了筷套，夾起一朵花椰菜往嘴裡塞，揚了下巴盛氣凌人的姿態。嚥下食物，我才說話，「生氣歸生氣，飯還是要吃。」

「嗯，飯桶都是這樣。」

我默默閉上嘴，悶著氣扒飯。這個男人完全不能好好說話。

他輕輕笑了。月光隱沒在雲裡，透過擋風玻璃照進來的路燈光線將梁鏡旬堅毅的下顎線條柔化了，我不敢再偷瞄他，免得被他誤會我是色慾薰心。

勉力忽視空氣中的小小尷尬，用著比平常更快的速度結束一個便當，匆匆將垃圾一起包進原本的塑膠袋。頂著他的注視，我低著頭。

「我去把垃圾丟了。」手指對街的便利商店。

不等他開口便跳下車，隨意張望後過了馬路，不得不說，很有落荒而逃的感覺。到關東煮台邊繞繞，虛晃一招，技巧性地把垃圾袋丟了。

撓撓頭，我還是去買瓶飲料什麼的，別當奧客。

不過五分鐘，我帶著兩瓶無糖綠茶回到車上，神色自若推到他手裡，他微笑著沒說話，我的臉頰卻是要被他的目光燙傷。

思緒轉著，實在憋著難受，我開口，「不是我欠你一頓飯嗎？你今天還送了便當給我，我好像欠得更多了吧。」

他勾唇，輕描淡寫的口吻，實際不懷好意。「就是想加深妳的愧疚感。」

我假笑，「並不會。」咬著牙說出三個字。

我一直注意著他的動作。

這不是太好的下意識，想起來的時候只是象徵性的偏開頭，不斷在時間中重複著，我都要懷疑是不是中什麼邪咒了。

懊惱地咬咬唇，一向修正平整的指甲不經意在蜷起手指的舉動中嵌進掌心，我因為疼痛凝眉而低頭。聽見喀喀兩聲，他拿正轉在指尖的鑰匙放入鑰匙孔，轉了下，汽車響起發動的聲響，同時，冷風自冷氣口倏地竄出。

腦袋有些愚鈍，我後知後覺縮了下。他竟然眼尖捕捉到了，以為又要被嘲笑了。

「冷氣太強？會冷？」

「咦？啊，沒有，不會。」

「吃飽就傻了？難道是豬，不是人類？」

剛剛一瞬間的感動就是那天邊的浮雲。我的理智就像那枯萎的花。

鼓著臉轉頭面向前方，不再看他。他發出愉快清朗的低笑，或許是錯覺，我一點都不敢確定。無聲地平穩住呼吸，不能繼續庸人自擾。

他確實是能夠驕傲的人，也確實是會讓人怦然心動的人，但是，我還不想淪陷。

我還害怕著。

我們之間的定位，還有太多不確定性。

我的喜歡可以安靜生長，只是，此刻我選擇停留在好感，不再跨步，我們都需要在時間中順其自然。

他低沉的嗓音染上幾分沙啞，打破車內持續膨脹的沉默。

「星期天晚上有空嗎？」

「幾點？」
「晚餐時間前後。」
「喔，那天我不用到醫院，會話課也還沒預約，目前沒事。」
他挑眉。「所以是給約囉？」
「那要看是多重要的事了，重要到讓我覺得會話課必須靠後面站。」
趁著紅燈，他依舊單手隨意扶著方向盤，他側過臉，清俊的臉被車窗外四方撲湧進來的黃光照亮，我有一刻的失神。
「吃飯，天大的事。」
眨眨眼，我沒有及時應諾。理智在雲遊四海。這人……這男人，霸道得很讓人心動。
葉若唯，振作點，把他看成青菜蘿蔔，他一點也不特別。
我咳嗽，看見他眼底的調侃，我忍住惱羞，「對，吃飯當然是天大的事，可是，也要看跟誰吃吧。」
「不是看跟誰吃。」他上揚了唇角，笑容裡的惡意是一百分。「妳，是來還債的。」
「都在你的算計裡。」
「過獎。」

「不、客、氣。」

得逞了，他顯然心情好，眉眼都是飛揚的。聲音中沒了高傲，更加清越好聽。

「待會給妳一張通行證，要是沒事，可以早點過來。」

我疑惑。「提早過去？不對，提早過去哪裡？」居然還需要通行證的地方。

「讓妳見識認真的男人最帥氣這句話的真諦。」

他的自信偶爾會讓人失笑。

帶著不容質疑的可愛。

很迅速，日子輾轉到星期日。

「我為什麼要拍這麼醜的東西？」

男生忽然放下高舉著相機的手，審視著畫面的和諧與美感，毫不理會女模特兒霎時凝住的嬌媚笑容。他轉而對服裝師冷臉指使。「衣服是誰挑的？」

所有人噤若寒蟬，動也沒敢動一下，面面相覷著，沒有人膽敢自願伸頭豪氣被砍一刀，目光各自飄移忙碌。

梁鏡旬在業界名聲儘管好壞參半，但是差勁的是他的任性脾氣，和毒得不留餘地的嘴巴，但是，偏又是看法獨到令人挑不出毛病。遇上他，無數次深呼吸都不能維持冷靜，因為他的冷漠決絕而紅了眼眶的人絕對不是少數。

憑著他的鑑賞能力，老讓人吃悶虧。

他是舉世聞名的難搞，沒有做到完美不會罷休，願意找上他的團隊都該知曉如何與他相處，不踩他的底線或地雷，事前準備不容許一絲鬆懈和失誤。

我搔搔臉，第一次由衷後悔自己的心血來潮和該死的好奇心。站在這裡已經有些格格不入，還不巧遇上梁鏡旬開火訓人，我沒搞懂自己該表什麼情。

不好太置身事外，只是，這真的不關我的事啊啊啊！

「我記得我把所有背景和風格設定發到每個工作人員信箱，服裝上的確是保留服裝師的發揮空間，但是，我同樣給出了一個 range。」他的聲音持續下降，越發寒冷。「這就是你們展現給我的？」

在一片寂靜中，他又冷聲追問一次，「這是最好的？」

語氣明顯摻雜濃厚的質疑與嘲弄。

聞言，我拍拍胸口，深深覺得梁鏡旬這男人對我真是手下留情了。

倚靠著角落的牆，不好上前，努力降低自己的存在感，陪笑著婉拒他們不斷抽空送來的甜食或開水，我什麼忙也沒有幫上，才不好意思混在裡頭騙吃騙喝。

混沌的腦袋觸上冰涼的牆面，溫度刺激表面，終於有些清醒，沿著思路回憶起自己是怎麼暈呼呼到達這裡的。

與往常一樣的時間起床、梳洗，烤了吐司抹上草莓果醬充當早餐，將快過期的牛奶喝完，同時間，刷著臉書的更新，一切的一切都一如往昔，沒有一絲錯了步調，更衣、上妝，最後還要熱了電棒捲捲劉海。

與過去的週日不一樣的是，我調動了下午的會話課到上午，美好又糜爛的沙發上馬鈴薯的生活被硬生生扭了。這才發現原來自己也是有潛力的。

經過許多剛拉起鐵門的商家，我都不著痕跡透過玻璃反射打量自己的穿著與打扮，直到進入捷運站，確定沒有異樣，總算鬆一口氣。圓領的無袖針織衫紮進卡其色窄裙，踩著水洗帆布材質的黑色軍靴。

長得沒有時間去整理修剪的頭髮紮成一束麻花辮，仔細拉在側邊，散落的髮絲用小黑夾稍微固定在後腦杓。不求氣質美麗，不要被強風整得像瘋婆子就好。

站在地圖顯示的目的地愣神，緩緩仰首，看清蟄伏在金光閃閃字型招牌上的小字，我眨眨眼睛，眼前景象依舊。

居然是隸屬ＩＮ娛樂公司的攝影棚。

我瞠目結舌，身邊不斷有人群錯身，但是誰懂我內心的狂風暴雨了！

ＩＮ不是念念家裡開的公司嗎！梁鏡旬居然和他們公司有關聯！

難怪念念會說覺得梁鏡旬這個名字聽起來很熟悉，只是，她那顆金魚腦，哪可能記得梁鏡旬根本在ＩＮ旗下。

被沖擊得有些魂飛魄散，邁著輕飄飄的步伐，心中惶恐，悄悄觀察其他人舉動，模仿著樣子過卡進門。一到室內心裡忍不住迷妹魂燃燒，完全跟韓劇裡頭一樣啊！這個裝潢、這個布局、這個氣氛！

我按照梁鏡旬事先告訴我的方向走，出乎意料地，剛拐過轉角，立刻被身著白襯衫的男人攔住道路，我眼眸一詫。

「不好意思、借過……」

「妳是新進的模特兒？」

「咦？」撞上他深沉的探究，我連忙搖頭。「不是不是，我來找人的。」

「喔？」

聽見他上揚的語調，帶著重重的懷疑成分，神經都緊繃起來，要是他通知警衛把我趕出去，畫面多不好看。趕緊亮出還沒收起的識別證，眨一下眼，試圖傳達我的無辜與真誠。

我吞了吞口水，笑得眼睛彎起。「是這個人讓我進來的。」我可不是什麼隨便混入的可疑份子呀。

「喔？是梁鏡旬這小子。」

原來梁鏡旬真的很有名氣，業界裡的人都對他有印象。

我偷偷瞄著眼前這位襯衫大叔，目測是年近四十，下顎有零星的小鬍渣，儘管穿著正式的白襯衫，可是沒有打領帶，兩手自然垂放在腿邊，散發一股清貴高雅的氣質。

侷促地轉轉眼珠子，我不知道該怎麼開口說要離開。

「我知道了，該做什麼就去吧。」

如獲大赦，一秒都不想多留，我禮貌欠了身，「好……好。」

甩去無關緊要的沉思，他是誰不是我需要介意的。眼尖瞥見一個女生的身影，連忙上前，溫聲詢問方向。

很快順遂找到地點，路上沒有其他人再找我攀談。

原本胃揪得極緊，這時終於舒緩。隔著距離以及工作人員們，我一眼瞧見神色冷漠嚴肅的那個全場焦點男生。

平時沒覺得他身高如何，混在人群裡竟然還滿突出的。我努努嘴，應該有一八〇了，說不定還超過一點。

我正新奇地張望，他不知道怎麼注意到我的，看向我，他挑了挑眉，我綻出笑容回應。以為只是打個招呼，末了他會繼續手邊的事，我眼角餘光卻瞥見他朝我走來。

下意識後退一步，理智回攏才站穩身子。

我躲什麼躲呀，幹什麼那麼心虛！

這幾天不是沒有再見過他，他有各種理由與事情約我出去，吃份早餐都被他說成天塌下來一樣的大事。梁鏡旬與平時沒有太大不相同，只是，工作場合裡的模樣多了那麼一點嚴肅。

我挺直背脊，被動等待他走近。最後，他駐足在一步之遙，漾起我熟悉的淺笑，帶點謎樣、帶點壞心。

分外讓人心悸。

「來得很早。」

「來見識認真的男人。」看了一眼忙碌的現場，我指指其他人。「你不用去幫忙嗎？」

「妳見過攝影師在布景的嗎？」

「這可是我第一次進攝影棚。」

梁鏡旬單手撐著牆，忽而笑笑，頗有驕傲自信的光芒。「機會難得，如果妳都不接廣告代言的話。」

被他的話嚇一跳，我睜大眼睛，扶著衣角的手指輕顫。

「說什麼啊，我當然不可能接什麼廣告代言，我是默默無名的未來護理師。」

他不以為意，彷彿他眼裡沒有看進任何難題。「真正好的投資者，是能夠看見並挖掘潛力者，不是固守紅透半邊天的模特兒或演員。」

「你這個想法是少見的吧。」

「喔，我不陪笨蛋一起看世界。」

這男人真的自傲得令人髮指，他的上司怎麼就沒有想開除他。再看看現在情形，真不怕把工作夥伴們都氣跑了。

收回視線，我低著頭，散落的頭髮順勢掩蓋不服氣的神情，心中偷偷咒罵著那個正在發火的男人。

兀自站在角落發著呆，不知道過了多久，忽地，有腳步聲靠近。

趕緊將多餘的心思收回，飄遠的回想戛然而止。

不用多想就能知道是誰，流暢回過頭揚起微笑，努力用飛揚的語氣隱藏心虛的痕跡，我咧嘴，說不出的傻氣。

「拍完了？」

他悉心辨識我的情緒，瞧得我嘴角都發瘆了，讓人真想咬死他。工作人員畢恭畢敬遞上一瓶礦泉水，他從善如流接過，也替我要了一瓶。

他掀唇，露出十足嘲諷的不滿。「看起來像嗎？」

我乖乖搖頭。他剛剛都怒髮衝冠了，冷言冷語噴得所有人抬不起頭，整個場面都烏雲籠罩了。

「沒一次讓人滿意，孫沐彥真的該好好管理一下人才。」他一面把玩著挺有質感的黑色錶帶。

周遭莫名喧騰起來，我沒聽清楚梁鏡旬的話。

「你說誰？」

「我說ＩＮ的社長孫……」

「打擾，阿旬——咳咳、Herman在嗎？」揚起的聲音掩落所有嘈雜，突然出現的這個人在門口四處張望，立刻抓一位路過的實習化妝師，劈頭問道：「有沒有看見Herman？他應該還沒離開吧？」

「社、社長……」

「對，我是社長，所以要告訴我Herman在不在這裡嗎？」

遠遠將突如其來的插曲前後發展收進眼底，我與梁鏡旬對視，他似乎習以為常，聳了肩，有幾分痞氣、幾分率性和許多無奈。

看出他眼神裡的複雜，我張了張嘴，選擇明哲保身，嗯，別多說話。

幾秒之差，小實習生的手俐落準確指過來。非常戲劇性的，即便忙碌，工作人員們依舊能讓出一條指引的路，傻怔於突然空曠的視野，眼光緩緩延伸，出聲的男生面容與身影毫無遺落映進眼裡。

理所當然的，我可以想像出我在他眼裡的模樣。

應該很慘不忍睹，我趕緊斂下眼瞼，好好收拾情緒與表情。梁鏡旬倒是不動如山，環起手臂眸光不動，薄唇卻是溢出極輕的笑。

男生大步流星，神色雖然匆忙，甚至稍微扭曲，一身萬分考究的正裝與不夠優雅的神態正與負抵銷。

梁鏡旬偏頭低語，「我朋友智商比較低，見諒。」嘲弄的語調不同於過去無數的，透露出的是推心置腹的真誠。

人很奇怪，越是要好的朋友，越是嘴巴不會饒人。

「在還不應聲，害我像個白痴。」男生直率地抱怨，扯扯領帶。

「不想承認我認識你。」

「懂懂懂，超級超級抱歉啊，打斷你，因為你顧著誘拐妹子。」

我僵住。任由他饒有深意的目光來回我與梁鏡旬之間，兩尊大神面前我就是小孬孬，閉了嘴裝啞。

男生瞇了眼睛，漂亮的手指摩娑著下巴，揮開梁鏡旬的手，用力皺起了眉。

「妳是新簽的模特兒？」毫不客氣審視我的穿著與妝容，他抓了抓頭髮，沒自覺將梳理帥氣得體得油頭弄亂。

我錯愕，又來了，「不是……」

「也是，這衣服款式不是這季流行的，我也不記得我最近核過新契約。」

梁鏡句往一旁的椅子坐下，置身事外的態度，閉眼徐徐道：「護理系大四的學生，你們簽不到的。」

我可以不要成為他們的話題主角嗎。

「所以啊——」男生分明更加幼稚，拉長了尾音，「阿句的女朋友妳好，我是IN的社長孫沐彥。」

我傻了，徹徹底底的，從心理到生理的那種。一時間不知道該先糾正女朋友身分問題，還是先訝異男生的身分。

偷偷摸摸覷了梁鏡句一眼，他微微闔上的眼皮輕顫，恰到好處的唇角弧度抽了抽，我撇撇嘴，我比他更唾棄好嗎！

他是在委屈嗎？他有什麼好委屈的？

男生捕捉到我們的「眉來眼去」，眼神發亮。

「誤會，天大的誤會，不敢高攀，我跟梁鏡句只是普通朋友，普通得不能再普通。」

我假笑，擠不出真摯笑容。

「普通到我昨天去接妳吃飯，普通到妳還欠我一頓飯。」他竟然這樣說！怕賠償不起，我只能在心中預演千萬次踩爆他鞋子的畫面。「對，很普通。」

為了阻止孫沐彥再脫口而出些什麼令人羞憤的腦補，我很快找到其他轉移目標，聽說孫沐彥這樣的菁英份子，本質是個妹控。

「我是葉若唯。」

我看一眼他的筆挺的西裝，但是，髮型顯然與一絲不苟相隔千萬里，我眼神略帶憐憫。長得人模人樣，隨興過頭還是不太好。

我眨了眨眼，清清喉嚨，這才繼續說下去，「我常聽念念提起你。」更精確的說法是，聽念念抱怨自家哥哥黏人、幼稚、不受控、控制狂。最愛跟他父親爭鋒相對，不外乎是爭奪念念的注意。

他大大愣住。「念念？」答案在腦中呼之欲出。

「呃，你妹妹孫沐念，我們是高中同學。」

「所以！妳是……葉若唯？妳就是念念常說到的學霸女神？」

當然沒有好意思涎著臉點頭，不過，他確實沒有要得到我的認可，自顧自欣喜，氣氛近乎要被粉紅泡泡淹沒，不知道的人真要以為他是思春。

他的胳膊搭上我的左肩，身子湊了近些，「我妹真的常提起我？她都說了我什麼？是好話吧？是吧？」

我能說實話嗎？

「理想是美好的，現實是殘酷的。」

「好吧，其實我一點都不好奇我妹妹說了什麼，童言無忌、童言無忌。」

沒忍住，我笑出聲，梁鏡旬不知道什麼時候放棄假寐，掀開眼皮，從容不迫又毫不客氣盯著我。

他似乎很習慣這樣，沒有理由對視著，像是一場不會終結的拉鋸戰。有時候我也會為自己不願意先移開目光的心理感到羞惱。

梁鏡旬站起身，往旁邊走兩步，雙手兜進長褲口袋。

「你時間很多？該說了吧，到底找我幹麼？」他的語氣向來高傲還帶著嫌棄。

孫沐彥頓時像遭受電擊的人，彈跳一下。動作浮誇得引人注目，我本來抿唇笑著，但越來越多人看過來，縮了縮身子，想挖個坑先躲躲。

他這樣不靠譜的德性當社長行嗎？

當演員肯定稱職許多。

「對對對，差點忘了啊。非常緊急，有一個幾乎要失敗的合作剛剛談攏了，是一位神出鬼沒的廣告商，他本來排不出時間到場，可是，今天的現在已經出現在會客室了。」

「喔，很好啊，恭喜。」

「恭喜什麼！要不是他堅持任何拍攝他都要在場，合作案不會反反覆覆，還延宕那麼久。」

「嗯，所以很值得恭喜，排除萬難。」

「不不不，阿旬，你必須要聽懂我接下來說的重點，要是這種容易的事，我需要大費周章跑來棚內找你嗎？」

梁鏡旬可不買單，挑了眉。「不好說，你思想跳躍，正常人猜不透。」

來回兩人之間，沒有煙硝味，是孫沐彥單方面快要崩潰。

「不要玩我了，我要不能呼吸了，最大問題是我哪裡臨時生出一對模特兒給他拍攝！」

「沒有模特兒你敢答應簽約，很厲害。」梁鏡旬涼涼吐出一句逼近嘲諷的稱讚。

「這案子多大你又不是不知道，我忘記今天行程是滿的，排不開時間調模特兒，找沒經驗的演員或歌手，我怕會送出去當炮灰。」

「跟我說有什麼用。」

「跟你說絕對有用！」孫沐彥招來磨磨蹭蹭的一個化妝師，拿來一面鏡子正對梁鏡旬，眼睛都笑瞇了，「不要妄自菲薄。」

這是要直接推梁鏡旬上場的態勢？

我覺得我在這裡有些多餘了，悲慘的是，找不到適當的藉口撤退，摸了摸後腦杓，能達到梁鏡旬認可的搭檔想必很難找。

「拒絕。」

「耶？為什麼拒絕！都不是第一次了……」

「你也知道不是第一次了。」梁鏡旬沒好氣道：「我一直在幫你處理十萬火急的事情，不夠火燒眉毛還不行。」

「不要這樣講啊，我們的山盟海誓呢？你不能有了傾國傾城的新歡，就忘記我這個糟糠之妻！」

驀地嘴角失守，我眼神怪異瞧著孫沐彥，人要起賴的時候真的完全沒有下限、完全沒有尊嚴。

如果把他的言辭全換成紙稿，每一句後頭肯定都是無數個飄飄號，飄到天邊，平常對BL沒興趣的我，都要替他小臉一紅了。

我觀察梁鏡旬的情緒轉折，他面色如常，深邃眼眸中的神色變幻不明，可能在慎重考慮要不要一掌拍死損友，或是坐實這層明朗的關係。

他按了按太陽穴，終於鬆口，「你最好能找出一個女搭檔，敢讓我被脾氣古怪的廣告商白眼，我就讓他知道什麼叫做大牌。你斷一個金援不要找我哭。」

很有自知之明，原來他知道自己驕傲。我與孫沐彥交換一個眼神，深有同感，梁鏡旬的個性絕對比廣告商難搞。

下一秒，突然背脊一涼，我移遠了身子，謹慎又懷疑打量孫沐彥眼底的亮光，就怕他天外飛來一筆。

他立即拉過我，笑容可掬。「女搭檔不是這裡就有現成的嗎？」

我靠，沒見過他這樣坑掉盟友的，毫不手軟。

「我不要，我一點都不想在電視或路邊大看板上看到自己。」一手拍掉他，我立刻拒絕。

「喔，因為每天早起照鏡就會被嚇一次了。」

「怎麼說都行，反正我不要，堅決不。」

這可不是跟粱鏡旬意氣用事的情況，再怎麼都不要去拍那個鬼廣告，又不是過膩了努力低調的日子。

孫沐彥來軟的，可憐兮兮，眼神像遭受遺棄的小狗，「唯唯啊，妳一定不忍心的，我要是沒處理好，被革了社長職位事小，被老爸藉機嘲笑事大，說不定以後都養不起沐念了啊。」

說起來真的都是淚水。

「誤會了，我忍心。」

「唯唯……妳剛剛有說話嗎？是不是沒有？」

孫沐彥跟粱鏡旬能成為朋友，估計是因為兩人都只挑自己喜歡的話聽。

我疑惑，「念念可以養活自己，再不濟還可以靠爸。」

「我怎麼可以輸給老爸！」

所以好好想想，男人的面子到底價值多錢？

這協商拖延得久，很多工作人員都放下手邊工作豎起耳朵。聽八卦多麼紓壓，可以是茶餘飯後的交流，增進夥伴情感。

我皺眉，下意識去追逐梁鏡旬的目光與看法。

他安靜得彷彿會永遠一直凝望著我，我聽見自己心臟怦怦加速，倒映在他眼瞳裡的，是我太傻氣的迷茫模樣。

總是不明白自己為什麼時常在他面前走神。

對他的凝望很敏感，但是，我學會不在他面前假裝。所有大笑、慌亂、拘謹，還有惱怒，比任何時候都要真實。

不知道開始對什麼感到緊張，是即將會發生的拍攝，或是在心底萌芽的心事？我片刻之間理不出頭緒，額際都起了一層薄汗。

「我……」

「唯唯妳看阿旬幹麼？妳上鏡需要他同意嗎？這簡單，我幫妳處理。」

「我可管不了她。」梁鏡旬卻是似笑非笑，眼眸好似捲進一汪沉水，「別小看她，她很凶。」

熟悉的聲音倏地飄進耳裡，我連忙重振精神。努努嘴，我一點都不服。

「誰凶了，就你最愛生氣。」

「那好，走，伸出友善的手，愉快接下廣告。」

這樣脫軌的發展，最歡欣鼓舞的唯有孫沐彥了。

一物剋一物，我不想被咬死，可是老翻不了身。

梁鏡旬堂而皇之地伸出手，不等我心甘情願配合，硬是握住我的手，深黑的眸子落下星光似的。

一閃一閃，點亮趣味的惡意。

「合作愉快。」

我這是徹底拐騙了。

還有，攝影師先生，你的工作能就這樣丟下嗎？

一切明明是失序的，這個棚內看來卻井然有序，一切都很上軌道，沒有半點紛亂與玩笑。

這個世界是常人無法輕易觸及的。我們都是蹲踞家裡，窩在沙發轉轉遙控器，跑過一個又一個的頻道，只在節目或是戲劇裡頭看過相似，甚至是如出一轍的場面。

此時此刻，如實的經歷，不得不說有些驚嘆和虛幻。

剛剛拐彎前經過另一個攝影棚，驚鴻一瞥看見一位當紅的演員，他主演過念念所作的劇本《逆光的情書》，兩年前因為那部票房破億的電影竄紅，從此他在ＩＮ占有一席之地。雖然是模特兒身分出道，但大學念的是戲劇，也算是繞回初衷。

我摸摸腦袋瓜，老是被念念抓著嘮叨演藝圈的新聞，不知不覺也記在腦袋裡。念念曾被業界金牌編劇稱讚，說她是最有潛力的後輩，她的家人可沒有白疼她了，全心全意支持她所有要完成的夢想。

「怎麼了唯唯？看誰呀？喔，可惡，是這小子啊。他曾經到韓國當練習生，趁著沐念來工作實習時卯起來追她。不過是未遂，勉強留他全屍。」

被孫沐彥熊熊燃起的怒氣弄傻，能讓他瞬間爆氣的，八九不離十是沐念的事情。

這才發現我因為失神，慢下腳步，盯著一個定點太久。抓了抓髮尾，思考該怎麼搪塞過去，如果說只是發呆一定沒有人相信，誰叫那麼恰好，有美色當前。

「咦……所以他是？」我指著另一個年輕男生。

「喔，好像是……呃，什麼名字來著？反正是沐念推薦進來的，最近幾天會參加試鏡，現在應該是新訓和考核。」

眼睛一亮，我揚起雀躍的音調。「試鏡？」

「對啊，同樣是沐念的作品，這次是電視劇，劇名是……」說起妹妹，孫沐彥總是挺起胸膛驕傲。

我一陣搶白，「夢境貿易。」

「妳怎麼……沐念告訴過妳了？」眼睛帶笑，看我用力點頭，他露出更深一層溫和又寵溺的笑意，「噓，保密啊，是商業機密。」

淘氣舉起食指抵著唇瓣，眨眼的模樣也許有點可愛，嘴角的弧度卻是別樣性感。完全沒有身為社長的嚴肅。

「葉若唯。」

「嗯？」

正要跟他繼續攀談，一道聲息破空似地到面前，清清冷冷，感覺閃著冰冷藍光。我依循聲源回頭。

「葉若唯妳過來。」

又是梁鏡旬，真的是習慣把我當作小跟班了。我撇撇嘴，跟他賭氣。

他看出我死命要作對，揚了一側的眉，邁開步子靠近。我不禁後退，知覺到自己的示弱忍不住輕輕嘖一聲。與我並肩而立的孫沐彥倒是環著自己的臂膀，左手指腹摩娑著下顎，擺明觀賞戲劇姿態。

我無語，「你看好戲的成分太重了，而且很明顯，社長先生。」

「很明顯嗎？」他亮起潔白的牙齒笑著。

「你以為全世界都瞎了嗎？」

抬槓不到五句，我感到鋪天蓋地壓下來的強勢氣息，冷漠又倨傲。我抬眸，梁鏡旬近在咫尺，電光石火間使勁彈了下我的額頭。

我叫了一聲，疼得顧不及尊嚴與形象，摀住隱隱作痛的傷處，生氣地瞪他。

「梁鏡旬你幹什麼？」

「沒幹什麼，舒坦多了。」他吁出一口長氣。

我咬牙切齒，繼續瞪他。這個人太我行我素了。

「舒坦？你不高興所以攻擊我嗎？」我不可置信。

「不是。」

「那是什麼？不要想逃避問題！」扠著腰，我跨步跑過去擋住他的路。這人喊了我，不說要幹麼，現在又逕自走開，到底什麼意思？

一味跟他生氣，我錯過了梁鏡旬與孫沐彥眼光交會中的複雜，一個人挑釁輕笑、一個人蹙眉冷哼，全是幾秒內的示意，我沒及時理解。

「都是因為妳……」他沒有回頭，幾近低語的聲息像是和空氣融為一體。我注意到他耳根發紅著，歪過頭，天氣有熱成這樣嗎？

棚內還有空調呢。

我噘起嘴，悶在嘴邊碎唸，「又怪我，果然很難搞。」

「葉若唯不要偷懶，全部人等妳過去試衣服，跑起來。」

「跑個鬼……」想起現場太多人，我煞住未完的駁聲。

他又開火了，儘管沒有一如往常的鄙視與尖銳，還是一貫嘴賤。我翻了翻白眼。

「不要拖時間，到時候急急忙忙的，妳太粗魯把衣服扯破，整個人賠給廠商都不夠。」

或是……

「再拖拉下去有時間上妝嗎？妳素顏敢跟我站在一起？」

像個木偶一樣，乖巧坐著讓人在面頰與頭髮上擺弄。周邊的身影來來去去，轉得我頭昏眼花。藉著鏡子瞥一眼隔壁位置的梁鏡旬，他斂著眼瞼休息，修長的雙腿伸長在化妝桌底下舒展，我索性模仿他的模樣。

時間緩緩流淌，好像沒有很久，又彷彿漫長得將我們都變老，眼皮微顫，我掙扎要清醒卻徒勞，放任睡意猖狂。耳邊的人聲漸漸都遠了，感到意識墜入夢鄉，沉重的腦袋不自覺偏傾。

驀地被一道溫柔的力量抵住，起初只是一個觸點的碰觸，最後，慢慢是大面積的，恍若一個手掌的溫度，我像是找到一份依靠，自然挪挪動作，在更舒適的位置好好歇息。

孫沐念總是不厭其煩說我這樣像一隻嗜睡又飽足的貓。

約莫是平時讀書的壓迫與警醒，我狠下心不讓自己太過貪戀睡眠，於是，沒由來地睜眼醒來，沒有陷落夢境便自己跌回現實。不過臉色還有些怔忪，暈著霧氣的睡眼眨了眨，定點在鏡面的反射出的人。

有兩個人，而且非常靠近。

眸子裡的怔然蔓延開來。鏡中的女生臉上一層韓系的妝容，大地色系的眼影有秋天的氣息，最近嚴重睡眠不足，儘管膚色偏白，還是利用遮瑕膏在眼底下足了功夫。瞇起眼睛盯著淡化的青影，努努嘴，透亮粉紅的唇露分外顯色。

聽說是熱吻都不會脫妝的新一季流行。

我伸手拍拍臉頰。剛睡醒就想這些核廢料，葉若唯妳振作點，稍微走神或思想偏差都會被身邊的人嘲笑到萬劫不復。

忽然呼吸一窒，我僵直了身體，感覺那熟悉又陌生的溫熱氣息，梁鏡旬俯首的眼神被幾綹垂落的頭髮半掩，說不出的深邃神祕，我一瞬明白了什麼，又好像只是霧裡看花，其實半點也不了解。

只是這樣的親近真的太曖昧。

「梁、梁鏡旬……」

他輕笑，聽不出喜怒，有若有似無的隱忍，「是睡神嗎？要開拍了。」

轉眼之際，他輕巧起身，頎長的身形走遠。我霍地跟著站起來，動作太大撞到桌角，我低呼，閃閃淚光的眼看見桌上的白色藥丸躺在衛生紙中央，我抬手去摸旁邊的玻璃杯，是溫開水。

倚靠著鏡緣斜斜歪著一袋透明夾鏈袋，裡頭裝著一模一樣的藥丸，我執起查看，標籤標明著頭痛藥。

我沒有頭痛……所以不是準備給我的。

梁鏡旬？

與此同時，攝影師催促著開工，我尋著梁鏡旬的身影，服裝師在打理他下襬有些摺皺的衣服，腦中不合時宜晃進剛才的畫面，臉頰騰騰開始燒灼，熱度匍匐爬滿全身，感染這份羞澀，夾雜著梁鏡旬自有的清香。

女生睡顏恬淡，唇角的弧度近乎幸福，安心蹭在男生肩膀，彼此靠近，像是相擁。

我握了拳頭敲敲腦袋，完蛋啦完蛋啦！

「若唯小姐，我再幫妳補點腮紅……咦，好像不用，妳的臉好紅啊。」

化妝師姊姊的聲音打斷我的思緒，我連忙欠身道謝，匆匆跑開，「是、是嗎？我先過去了。」

走到許多聚光燈下，無數架相機緊緊盯視，我調整喘息，踱步到梁鏡旬身邊，神色有些狼狽孩子氣。

我的目光飄移。「那個、我該做什麼？」

「秋末，離別，憂鬱，情侶。」

「呃？」我一呆，才組織好的語言能力又被情侶兩個字沖散。

「不懂嗎？」

遲疑一瞬，他側過一個角度，長臂伸了過來勾住我的頸項，輕輕使勁。我被這份強勢帶進他的懷抱，惶惶不安的眼神湧上更多驚嚇。沒來得及驚呼，所有詫異憋在喉嚨，下意識蜷起手指握成微弱的拳頭，抵在梁鏡旬的胸口。

極其貼近的距離迫使我盡力仰首，瞅著他黑亮眼底的調笑與惡意。他眼裡的我卻是嗔怒又侷促，踮起的腳尖輕輕發顫，感到他扶在腰間的手不安分地游移，讓人發癢又羞赧，定格的幾個瞬間，閃光燈不斷。

「很好，這個姿勢很好。」

「眼神、眼神，再迷濛一點……對對，臉轉過來一點點。很好、很好，若唯小姐眼睛可以稍微瞇起來，頭低一點……很好，可以。」

平常幾個好朋友出去拍照也經常架起腳架，上仰角度，必須將身材拍得特別修長。女生多是愛美的，老是需要調整許久，美肌多開好幾段。當時不覺得時光漫長，現在不到一分鐘，我恍惚有一世紀那樣悠長。

越是想忽視他在扶在我腰上的手，越像是要將人燒灼，成為敏感的存在。

我咬了下唇，梁鏡旬低頭視線追逐我的臉龐，忽地鬆開攔腰的手，順勢而下拽起我的手，使力讓我轉一個圈子，背部正好向後撞上他的胸膛，纏繞的兩人的手，成為燈光下的焦點。

尾戒在指間熠耀著。

「好了好了，很好，總共有至少五組照片可以用上。」

「很好，很兩組當主打，其餘可以上雜誌封面，還有新一版的刊登，保留最大版面給他們。」

「真是抱歉啊，來得那麼匆忙，多虧你們還能立即找出適合的模特兒，這兩位我都很滿意。」

「您客氣了，可以跟您合作是我們榮幸，模特兒沒能可以事先讓您挑選，我還怕耽誤您的計畫。」

「怎麼會，年輕一輩有孫社長你們我很看好。對了，我可以和剛才的女模說幾句話嗎？」

啊？

疲憊坐在不遠處沙發的我，把對話聽得一清二楚。僵硬地偏過頭，正好對上那個人的善意微笑。瞳孔驀地放大，對方的面容與穿著一清二楚進入視線裡，分毫不差。

那不是我先前進公司在走廊遇到的大叔嗎？

不會是要怪我莽撞和他擦撞吧……

小心肝都要抖兩下，大人物惹不起。抿了乾澀的唇，唇齒間有唇露的清淡香味，沒辦法安撫我的緊張。

與他客套交談的孫沐彥明顯表現出意外。我還在思考該怎麼打出婉拒的信號，梁鏡旬拉起我的臂膀，比我更早站直。

這麼顯眼做什麼啊？他的字典裡絕對沒有低調兩個字！

沒看見我藏頭藏尾的嗎？不知道什麼叫善解人意嗎？

「廣告商找妳。」

一貫隨意的語氣蘊含冷意，帶著危險的模糊淺笑。像是自深海海底翻起的寒凍，是墨藍的色彩。

我嘟囔，「我聽見了……」

「聽見還坐在這裡，想等他走過來？」

他這種「妳根本懶得像豬」的口吻讓人燃起怒氣。我咬咬牙，平民老百姓的寄望他才不懂呢。

鼓著臉，不想跟他解釋，逕自繞過他的左腳，果斷從他眼前經過。

孫沐彥老早自訝異中回過神，溫和地打著圓場。我扯了嘴角無聲地笑了，想來他是怕我尷尬呀。

「您好。」

「妳還跟我說妳不是模特兒。」

果然是這件事。

這絕對是在醞釀節奏，我心裡直搖頭，不能搞砸這個才完成的案子。我張了張嘴，試圖說些什麼和緩。

「你在哪裡遇見她了？」梁鏡句的聲音從後方包圍上來。

「我……」

直覺反應要回應，聽見漸近的腳步聲，知覺到那是熟悉到不行的嗓音，那份特有的溫潤，不是過分溫柔，相反的，時常因為嘴角邪氣的笑染上惡意，但是，永遠永遠，都有夏天的暖、冬天的清冷。

我回頭，依然是盯著他的眼睛便會失神，聽著他的聲音便會冷靜。

進而察覺那句問題並不是對我說的。

「我一早就到ＩＮ了，一個人在裡面晃晃，在過門口的第一區電梯前面轉角遇見這女生。」

「然後呢？」

「沒然後，偶然在小女生話裡聽到你的名字，覺得有趣。」

「你還是一樣無聊。」

一頭霧水的不單是我，孫沐彥也不知道他們居然是舊識。

耳聽梁鏡旬的語調沒有尋常自在，眉眼中都流露出更深沉的倔強和較勁。我轉而去看襯衫大叔，一派輕鬆悠哉。

相比看來，很有叛逆兒子對上父親的感覺。

我是後來的後來才終於知道，為什麼大叔會喊住我，而不是讓這意外的擦撞轉眼即過。他理所當然丟出「因為妳漂亮」作為答案，末了才說是他向來堅信的直覺，說我的笑容有吸引人的成熟，但是，依舊帶著一種不經世的天真純粹。當下，除了呵呵乾笑著，做不了其他想法。

「這是你朋友？」

「不然是你朋友？」

大叔笑咪咪，不計較梁鏡旬的無理與嗆辣。「也不是不可以。是不是？小女生？聽其他人喊妳若唯？」

不懂梁鏡旬做什麼表現這麼拒人千里，看來過節挺大的。這下，戰火怎麼好像延伸到我身上了？欲哭無淚呀。

「是的，您好，我是葉若唯。」

「好，若唯，我就直說了，有沒有興趣跟我簽個長期模特兒的合約？」

我傻了，今日遭受的衝擊太多了。

「大叔你夠了，別鬧。」梁鏡旬擋開他伸出手，沉聲道：「她不是這個圈子的人，別弄髒……不要自以為是。」

孫沐彥跳出來，再不理解情況都能感受到兩人一觸即發。

「阿旬你幹麼呢？」輕輕拍了梁鏡旬的右肩。

他沒有推開，臉色還是很不好。

不過，當事的兩人一副與世隔絕的模樣，持續降低著周身氣壓，旁若無人地爭執。

大叔聳肩，雙手插進西裝褲口袋，「我只是相信我的眼光。」

見梁鏡旬理智線有斷裂的態勢，我趕緊拉住他，情勢所逼衝上前抱住他的胳膊，他瞬間的僵硬確確實實傳過來，我咬了唇，心臟的跳躍越來越不受控。

吞了吞口水，我與梁鏡旬並肩。

不是與他同一陣線，對於自己的未來，我不受人左右。

內心因為梁鏡旬的存在更加堅定安穩，我不抗拒這樣的安全感，彎身向大叔致謝，抬起頭與他眼瞳內的探究相交。

「謝謝，但是，我不會答應。」深深呼吸一口氣，我接著道：「我之前並沒有說錯，我真的不是模特兒，不管是專業或是業餘，今天過來也是作為朋友來關心。」

「那剛剛的拍攝？」

「剛剛的拍攝，很明顯都是梁鏡旬引導的，我並沒有優秀到能夠獨當一面。」

他還試圖勸說，或是單純不願意放棄，我不想知道原因是什麼，心中只有盡快結束這一切的念頭。緩緩鬆開拽住梁鏡旬的手，右手將一綹髮撥到耳後，輕淺的笑漾出幾分明亮的自信。

或許我在他們眼裡會淪為執著讀書的頑固女生。

我依然不會委屈自己做出令自己忐忑的事。

「既然我念了護理系，就決定會好好參加國考，成為護理師，這才是我想做的工作。

今天的事是意外，只是幫忙，前輩你找錯人了。」

仰躺在床鋪上，長髮散出毛巾外，濕漉漉的髮絲沾染潔白的床單，映出一片又一片的水漬。

感到日光燈的白光刺眼，我軟軟翻了身。

臉埋進枕頭，呼吸平緩漫長。腦袋一整天都有點過熱，勉強沖了冷水才重新找回理性，第一想法是──秋天洗冷水澡果然很要命。

連打幾個噴嚏，我裹緊直接自浴室帶出來的浴巾，揉了揉鼻子，累得一根手指頭都動不了，懶散趴著，不想多走一步倒一杯溫水潤喉暖身。

到底是為什麼，為什麼會想成為護理師呢？

這樣的問題在決定考取護理系前就該擁有一個初衷，或是，在面臨大學申請的面試就該有一個答案。

當初被問到我是怎麼回答的？

妳為什麼會想讀護理系？

青澀的我將長髮俐落盤成一個包子頭，面容看起來乾淨俐落，眉眼努力要輕鬆微笑，彎起漂亮的弧度，手指在桌子底下拽緊裙子，緩解緊張壓力，深呼吸再深呼吸，我做足信心。

「如果有幸進入這所學校學習後，不知道會改變我多少，但是，不會改變我成為護理師的念頭。」

我說：「目前的我，希望能成為產科護理師，醫院裡不可避免要面對許多生離死別，我希望我能在這樣的地方，用最感謝的心情去迎接每一個新生命。」

回憶起過往，拍拍臉頰，怎麼就是有點扭捏。

將下巴擱在軟塌塌的枕頭上，懶懶回覆著訊息。看見孫沐念小朋友又在視窗裡發瘋，很掙扎，很想背著良心略過。

唯唯何時惹上我哥那個神經病的？

啊？只有一個迷茫的單音節就敷衍她磅礴氣勢的整排貼圖。遠方那位少女哪是知道放棄的人，繼續纏著問題。

他最近一直抓著我問關於妳的事情，像是吃錯藥了一樣。

孫沐彥……在問關於我的事情？

他不會真的要說服我去簽約模特兒吧，怕呀。

我反問他都問些什麼，也問了我們這位大小姐都回答了些什麼。

這不是三言兩語可以解釋的，她倒是為了省事，直接截圖過來。

我喜歡什麼、不喜歡什麼，吃的喝的討厭的感興趣的，旅行的壯舉、學習的豐功偉業，孫沐念是知無不言，只差沒將我的情史都掀了。

我立刻坐直了身體打電話。「妳怎麼這麼積極熱切？完完全全是在賣我。」

「哎，我就是懷疑我哥在追妳呀，我是在為未來能喊妳嫂嫂做努力。」估計是怕被我責備，討好賣乖的語調分外甜膩。

「妳想多了。」

她可理直氣壯了。「才沒有多想！我哥雖然很自戀，但是肯定是對妳有好感，所以才要跟我要情報了解妳。」

「少女呀，妳還是默默把妳缺的學分修完，然後努力妳的劇本就好，不要像國高中女生一樣愛亂湊對。」

能夠想像她噘著嘴的小表情，似乎還不遺餘力想推薦什麼，深怕孫沐彥滯銷似的。緊急扯了一句明天早七的實習班當藉口掛斷通話。

心中掠過無數的臆測，卻是整理不出個結果。瞧一眼班表，發現是冷酷無情的金醫生，戒慎恐懼熄了燈，為了養精蓄銳，趕緊準備入睡。

第三章

忙到崩潰的日子告一段落。

一場感冒來得轟轟烈烈，我不得不先慢下腳步，畢竟，實習與國考準備的功課重要許多。

實習請了兩天假，窩在家裡也沒好過。一面擤著鼻子，抱著熱開水死命灌，一面死嗑著考試的書，常常在醫學名詞與虛晃夢境中反反覆覆，誤當講義是枕頭的事，發生不只一兩回。

日子辛苦，總會被翻出心底比較難忘的傷，卻還是有一道聲音，午後陽光似地傾瀉，將生活裡的晦暗及陰雨都照亮蒸發。

即便廣播已經結束，那樣的嗓音、那樣的話語依舊在心底掀起漣漪，在耳畔被按下重複播放。渾沌沉重的腦袋似乎輕盈了。

我們來看一封來自波蘭的信件，是在波蘭當交換生的台灣女生……

那封信中簡單說了初到國外的兵荒馬亂，當一切塵埃落定時卻跟男朋友提了分手。

他的話像是當頭棒喝，令人著急要去抓住什麼。

遠距離的愛情會走散，不是只有簡單的移情別戀，有很多是日子裡不經意的妥協和容忍，還有，其中一方飛快成長，另一方的止步不前。

與其說耽溺與沉醉於他的嗓音，不如坦承是欣賞他的成熟與理智。他的話總是讓人深深思考，不自覺信服。甚至，深深感到被療癒。

他的嗓音是最美的夢境。然而，現實是，累積了一定數量的問題，要到系上去找教授幫忙解惑。

第三天的早晨不太流鼻水了，雖然咳嗽沒見起色，氣色卻是比前些天正常。我趴在化妝鏡前端詳，在收納盒裡摸索瓶瓶罐罐出來，上一層淡雅的妝，最後，抹了些帶色的唇膏，輕輕抿一抿。

盯著難纏的黑眼圈，只能放棄，這是認真讀書的證明。

在全身鏡前上下打量，左右檢查。我撫額，兩天不出門，搞得像患了廣場恐懼症。

歪著頭，蹦蹦跳回房間翻出一條圍巾圈上，好好替懶得整理的長髮蓋上一層保護。我拉好口罩，總算可以安心踏出門。

上了捷運才感覺室內沒那麼寒冷。

尖峰時間就是擁擠，空氣悶熱得令人難以喘息，呼吸都不舒暢了。

體力立刻感到有點支撐不住。我掐了掐掌心，對抗著頭暈目眩的不適，厭煩自己的病態。

透不過氣的暈眩持續了兩站，迅速隨著人流出了站，暢快呼吸新鮮的空氣，扶著牆恢復精神。

約莫十一點四十五分，出了教授的研究室，我沒繞去和學妹打招呼，直接下了樓，停在一樓電梯轉角，給裴宇信撥了通電話，靜靜聽著單調規律的嘟嘟聲。

前天臥病在床生不如死，神遊之際接了一通電話，起初與他寒暄還挺正常的，只是他興高采烈扯著話題，說了系籃的糗事和打工的趣事。

頭實在很痛，像是一根一根抽著敏感的神經，漸漸聽不清楚他的一字一句。直到他大聲又急切喊了許多次我的名字，我才懵懵應了聲。

「學姊、學姊，妳感冒了嗎？是不是身體不舒服很嚴重？」

「啊，沒有，沒事。」

「可是妳的聲音……」

「沒事。沒事的話，我就先掛電話了。」

全身痠軟無力，抖著手滑向結束通話，手一傾，沉重的手機落到棉被上。我拉起被子將自己包得嚴實，出點汗就沒事了，只是小發燒的感冒。

記憶點只至此，我掛了裴宇信的電話。

雖然說起來不是什麼大不了的事，何況身為病人不能苛責我，心中總是過意不去。既然難得到學校了，順便見個面，也好拿回一直寄放在他那邊的便當盒。

蹙了眉。響了一段時間都沒有人接聽，進入了制式化的語音。我摁斷電話，應該不是還上課吧。

尋思半晌，硬著頭皮再撥打一次。

「我接個電話……喂？」

男生爽朗的聲音忽然傳來，我驚了，沒有及時接上話。

「喂？學姊？學姊是妳嗎？」

「喔，對，是我。」搔了搔臉，這點尷尬我可以克服。我繼續道：「你現在在學校嗎？方便跟你拿上次的餐盒嗎？」

話筒的彼岸滋滋有些吵雜，我耐著性子等待。「Jim 你幹麼趕快過來打單」、「Yuna 姊等等啊，五桌還缺一杯錫蘭茶」、「這個餐是哪裡的」，足足有五秒的混亂。最後，他似乎躲到靜謐的空間。

他的聲音聽起來要哭出來了，「學姊……」

「我是不是打擾你了？也不是很急……」

「還是，學姊妳可以到我打工的咖啡廳來，距離學校不是很遠，在ＳＴ區，沿著金色街道走到尾。」

他都說到這分上了，我要是拒絕好像挺殘忍的。

抱持就此結束交集的決心，我用力點頭，很有壯士易水的淒涼。

「可以，店名是什麼？」

他一愣，可能沒敢想像我會痛快答應，說話結巴了。「咦咦……店名、店名是黑天鵝一九一一，招牌是黑色的。」

「知道了，到了會讓你知道。」我汗顏了，踟躕著，扭捏片刻還是問出口，「現在去，應該不會造成困擾吧？」

高三畢業後也做過餐飲業的工讀，忙碌到一個極致，客人源源不絕衝進來時，疲勞轟炸的當下絕對不會有心情接待朋友。即便是好心探班，照樣皮笑肉不笑將人掃出去。

「不會、不會。」

兩個字的力道我都能從音量感受到，甚至可以想像他將頭搖得像波浪鼓。

忍不住笑出聲，語帶輕快的笑意，我溫聲答道：「好，你先去忙，待會見。」

站在公車亭，抬起一手擋著午間的光線，想著這是穿透多少光年落到這個世界，耀得眼睛都睜不太開。全球暖化的氣候果然很猜不透，我脫下厚重的圍巾歪歪扭扭掛在手臂，雙眼直盯著顯示器。

一面注意公車抵達時間，一面比對著路線，研究有什麼車次可以到達。

掌心的手機響起震動，連續不斷地震得我手發麻。急著先找出適合的路線，我沒有立刻查看。

跟我作對似的，車水馬龍的交通忽然讓一聲喇叭聲打亂秩序，僅是一剎，我不自覺投以疑惑的目光，卻因為看見始作俑者而驚呆了。

梁鏡旬？

「不要害我擋路，這裡是公車停車格，快上車。」

抓起擱在候車椅上的試卷，我匆匆開了前座車門上車，動作行雲流水的，彷彿是重複過千百次的熟能生巧。

後知後覺這樣的默契很不尋常。

「你怎麼剛好在這？」

默了片刻，他不緊不慢開口，「孫沐念是孫沐彥的妹妹。」

「這種事我當然知……」

他是從這麼曲折的關係中得到情報啊。

偷偷瞄了他一眼。面色平和駕駛著，我還陷落在剛剛的好嗓音，忽略他眉梢與唇邊的愉快，車子裡播送著輕快的情歌，迴盪著不純潔的氣流。

怎樣個不純潔法？大概是粉得有些冒泡吧。

我摸摸胸口，扭過頭面向窗外只期望自己的心跳可以慢下來。

花痴不是一天兩天的病症，可是，如果高頻率地在這個男人面前發作，長期觀察來就不是很樂觀了。

「要去哪？大中午的不熱嗎？」

「啊？」

他不厭其煩又說一次，語末忽地笑了。「招計程車也會記得上車報上目的地，妳這是要蠢呢，被載去賣了還會樂呵呵幫忙數錢。」

猛地瞪視他。梁鏡旬這種人，對他產生的怦然少女心十有八九會慘敗於他的毒舌。如果要比較梁鏡旬與裴宇信，一個聲音好聽到要人沉迷，一個是無厘頭熱情的陽光，如果不是知道學弟要追我，我會更願意與他相處。

「要去金色街道的黑天鵝一九一一，咖啡廳。」咬咬牙，我不忘頤指氣使指路。

心中忐忑，天知道他會不會說變臉就變臉，放我孤零零的在街邊。

看他穩穩打個彎，我分神地開啟地圖確認方向，車子確實沿著行進路線跑著，緩緩收起手機，懺悔自己的猜疑心。

「跟人有約？」

「嗯，算是吧。」

「『算是吧』是什麼回答？半人半鬼？」

我細心向他解釋，別在人間說這麼可怕的話。「要去那間店裡找人拿個東西。」

「找誰？拿什麼？」他聲音有些沉。

我聽出來了，只當他是沒睡飽，聲線帶著迷人的沙啞。

「裡面一個店員是我們學校的，忘記是哪個系的了，我的餐盒在他那。」居然跟著老實回答，我肯定是被下咒了。

他冷哼一聲，莫名其妙沒了聲音。

側頭瞟了他的剛毅的側臉，美好的線條和深邃的眼窩，可是，那雙總是暈滿冷色的眼，儘管含笑，卻是十足的危險。

我一語未發，呆呆回過頭不再看他。

據實以報他也要鬧彆扭？不對，我幹什麼向他會報我的行程和我的私事！順口到過了十分鐘，才突然恍然自己的愚笨。

撓撓頭，我咬了下唇醒醒神，好像從哪個觸發點注意起他的一舉一動，傾心他熟悉又好聽的聲息，因此之後，一次次相處都在好感上疊加。

或許嫌棄與嘟囔他嘴毒的時候，多過感動於他罕見的溫柔。不過，有些人天生便是這樣讓人討厭不起來，就是會因為那些偶然的暖心自此無法自拔。

我閉了下眼睛，放鬆緊繃的肩胛，結實靠向椅背。

孫沐念說過我矯情。

我也不否認。面對愛情誰不是小心翼翼，只是，也許我太在意自尊心的問題了。

這樣的陽光日，這樣的沁涼空間，這樣的音樂在迴響。是前陣子熱播韓劇的主題曲。我想起這首歌的歌名是〈陷入愛情了嗎〉，不禁捧著心事，有些內心狂亂。

我心神不寧，忍不住怪罪到梁鏡旬身上。本來想死撐著，等他開口打破沉默，沒想到是自己先沉不住氣。

「你車上怎麼會放韓文歌？是廣播節目嗎？」

「妳不是喜歡韓國的流行音樂嗎？」

「咦……」

預期之外的答案，儘管腦袋都想些亂七八糟的，還真的沒有想過，是和我有關。

稍微觸及這樣敏感的線，我便會失去所有信心。不去期盼，不會有失望。

我鄭重挪了身子去瞧他，依舊是一副「別煩我」、「不干我的事」的寡淡表情，眨眨眼睛，我想試著釐清，他耳根淺淺的紅色是不是真實的，他深如夜色的眸子是不是真的藏著綿軟的情意。

他不是一個外放的人。

我有些頹喪，絲毫觀察不出端倪。

停在路口，我迅速從負面情緒中抬頭。見到咖啡廳近在眼前，然而，我們之間仍然蔓延奇異的沉默，行人指示燈的倒數緩緩跑著。

他的雙手交叉著，自然放在腿上，沒有一如往常的灑脫隨興，坐姿有點沉重，神情也是，滿腹心事的模樣。深深覺得我們不到互相過問心情或關心私事的關係，想想就沒由來沮喪不少。

「和妳約的是男生？」

我以為會在這樣的詭譎氣氛下道別，殊不知他將話題繞了回去。

「喔，對，別系的學弟。」

「妳的東西為什麼會在他手上？」

這要我怎麼說……認真回憶起始末，好像要怪他！

張了張嘴，遲疑著該如何解釋來龍去脈，一言難盡，這麼拖延著，好像就此錯過了開口的好時機。

他清冷的聲音帶著一股決絕，輕笑，「算了，不用說，跟我沒有關係。」

又是糟糕的結尾。在他面前，我總是搞砸一切。

嘆一口長氣。

前進的腳步慢得彷彿原地踏步，不敢回頭確認梁鏡旬的車走了沒有，究竟害怕什麼也說不清楚。是害怕他等在幾尺之遙探查，或是，害怕他踩下油門走得毫無留戀？

我戳了戳腦門，感覺是感冒留下後遺症，影響智商。

不要再腦補臆測了，清醒些，我不是他的誰，他更不會成為我的誰。所以，所有的所有都是庸人自擾。

「……這樣您的餐點都到齊了，用餐愉快，謝謝。」

恍神之際，沒察覺已經摸上門把推了門，率先撲鼻而來是濃郁的咖啡香，流瀉在空氣中的鋼琴聲，順著聲音望去，樓中樓的高處平台似乎有人現場彈奏，客人的交談都是輕聲細語的。

裝潢設計淡雅溫馨，格局不顯得擁擠窒息。裴宇信在人來人往中一眼瞧見我，臉蛋立刻綻放溫暖耀眼的笑容。

近乎要與暖黃的燈光融為一體。

我揉揉眼睛，被他感染了笑。受到沉重的複雜心事影響，嘴角沉甸甸的，需要費勁才能牽動。

「學姊妳來了，午餐吃了嗎？要吃點東西嗎？」

「不用，我待會還有事。」

「學姊妳……感冒了？是前天感冒還沒康復嗎？」他突然手足無措，清澈的眼眸暈起自責的水光。「對不起，我還讓學姊跑這一趟。」

「沒事、沒事，我就是剛好進學校，想起餐盒才問起，打擾你工作了。」

他壓低了聲音，語音裡有刻意揚起的淘氣。「不會，看到學姊我精神都來了，可以好好面對下午的工作。」

我彎了嘴角。

「學姊真的不帶點東西回去吃嗎？我們店裡東西很好吃的，我拜託廚房讓我插個隊，很快的。」

眨了下眼睛，我惱怒自己想起梁鏡旬的面容。咬了下唇，掙扎片刻，擺擺手答覆不用。他眼底的光亮瞬間滅了，但是，他是多善解人意的人，他努力朝我微笑，將手上的水漬往裙襬擦拭抹去。

與裴宇信搭話不過五分鐘，櫃台內一位捲著蓬鬆空氣劉海的漂亮女生始終含笑盯著我，灰霧的亞麻綠色頭髮散在纖瘦的肩膀兩側，白皙姣好的容顏被燈光照亮，長長的睫毛搧了搧，像是殞落的星光。

「那個女生是……」不會是喜歡裴宇信吧？

裴宇信聞言，倏地回首。面露尷尬。「她是我們店長，別看她美美的，光長頭髮不長腦袋。不過，她煮的咖啡是超級好喝的，其他食物就別提了，地獄料理。」

約莫是覺得批評過分了，他在語尾趕緊補充幾句好評。

「以為是喜歡你的人呢。」

他倒抽一口冷氣，過分的反應嚇著我，有所知覺，他立刻收了驚懼好好正色，側頭瞄櫃台與窗外，傾身一步，氣音說著話。

他的聲音欲哭無淚，「學姊妳不要開玩笑了，這是人命關天的事，店長的男朋友很可怕的，如果這話被他聽見，我會……」

假設話語沒有說完，他已經先打個冷顫，我實在好奇。

「會怎麼樣？」

「大概會喝冷湯被燙到，刮鬍泡被換成牙膏，蛋糕吃起來不是蛋糕，腳踏車輪胎會突然沒氣……之類的。」
「呃、很幼稚的惡作劇，可是，喝冷湯被燙到是什麼情況？」
「不要問，很可怕，陰死人不償命的那種。」
在我眼裡，裴宇信一直以來都是明亮陽光的，他的活潑在我面前收斂不少呀。也許在打工的地方他才能展現最真實的一面。
靜謐的空間驀地揚起攪拌棒敲擊杯壁的聲響。吸引多數人的目光，女店長笑眼瞇成月牙灣，若無其事地吐吐舌頭，客人們好似習慣她這樣突如其來的玩鬧，她張揚的笑容很收買人心。
十分溫暖。我與她四目相視，點頭略作示意。
裴宇信送我到門口，眼裡戀戀不捨。我假裝沒有看見。拎起他歸還的餐盒，溫和開口，「謝啦。」
「學姊妳要怎麼回去？不是，妳怎麼來的？走路來的嗎？還是我載妳吧，我可以排休一小時。」
「朋友送我來的。我可以自己回去，你這樣我有點為難。」
「可是……」

「學弟，我知道你擔心我，但是，你必須先對自己的工作負責，再來，我真的可以自己回去，放心。」

說出口的話冷硬，甚至盛滿拒人的疏離。無論如何，我都不要他再將心思放在我身上。

他低垂著頭，活像一隻遭主人遺棄的忠犬，我抿了唇，於心不忍。

許久許久，他幽幽冒出一句話。

「是因為他嗎？」

沒頭沒腦的，我不明白他的意有所指。

只見他抬起手指向往前一些距離的路邊轉角，眼神直勾勾盯著我，我順著指向望眼，著實一愣。

當熟悉的名牌車種映入眼裡，心口的涼意瞬間被蜂湧的溫暖包圍，像是從背後擁抱上來，將整顆心臟、整份心意都包覆住。

眉目間的喜悅全落入裴宇信眼中，他的臉色掠過一絲失落。

「學弟。」

他暖融融的笑終於有一絲勉強，「我沒事，有人能送學姊回去，我也比較安心。那我先去上班了，謝謝學姊的飯，真的很好吃。」

不知道是不是我自作多情的錯覺。

到這個時刻，他都希望在我眼前呈現的他，是溫暖又可以給人幸福的。

腦海裡盡是裴宇信眼底的受傷。

推拒他不是因為他不夠好，正是因為他對我太過喜歡，毫不掩飾，讓人動輒得咎，顧不得悉心體會，只能忙著閃躲。

他的喜歡會讓他恣意為了我放下工作。

率先湧上心口的不是感動，是壓力與不認同。

我失神地往前走，漫無目的。撞上一堵堅實的溫暖，驀地打住思考與步子，摀著額際哀叫一聲，耳邊不外乎響起男生無可奈何的責備。

「眼睛白長了，走路不看路幹什麼？」

「嗯？」

「不要用肉身在馬路上橫衝直撞，要考慮一下妳賠不賠得起。」

我說起話來結結巴巴，「梁、梁鏡旬？」

「不是都看見我的車了，想裝沒看見逃跑？」

他嗤笑，一如往常的樣子。安好自然得像是我們之間沒有絲毫彆扭或糾結。我弄不明白他的脾氣怎麼那麼反反覆覆，前一刻對我笑著，馬上又翻臉對我冷言冷語，現在又跑來跟我示好。

他到底是什麼樣的人，到底是怎麼看待我的？

理不出正解，繃緊的神經忽然彈性疲乏鬆懈了。眼角泛起委屈的淚光，我抿著嘴不願意示弱，用力撇過頭，抬手急欲抹去我的脆弱。

只是人很奇怪，淚腺發達起來擋不住。

越是拚了命急著要冷靜，越是會想起令人鼻酸的所有經歷，於是，情緒更加不受控的潰堤。

「喂，妳怎麼了？妳……」

「才不用……」才不用你管。

你就自己發你的脾氣！什麼也不用解釋！

手背胡亂地在眼前抹了抹，眼淚溢出指間，還是事與願違地落下。

抽泣著，遲鈍的腦袋在周遭都傳來指點與議論才驚覺，連忙將泛紅的狼狽臉頰藏到圍巾底下。

我一直感受到梁鏡旬盯著我的視線。灼灼的目光底下也能哭得豪放奔騰，我真要給自己跪了。

他輕輕捉住我的手，哭笑不得，「幹什麼在路邊就哭了？誰欺負妳了？」

我用通紅的雙眼瞪他，眼角掛著瑩透的淚光。除了你沒有別人了。

「這是指控我？」不安分的手捏住我的鼻尖。

本來想與他對峙，不多時便呼吸困難，我呆呆地開始用嘴巴呵氣。估計是感冒病毒在腦袋留了一條尾巴，我沒有及時意識到這樣的舉動過分親暱。

「上車了。」

「不要，不想和你一起。」討厭的人，只會對我生氣。

「也好，那是要自己走路回去？」

鼓著腮幫子，連哄人都不會，扣分、扣一百萬分，梁鏡旬這個負分王。說著，我躲開他的手，認真在包包裡翻找手機要查詢公車。至不濟，衝出去攔一台計程車都比跟他待在一起好。

計程車大叔可不會對我使性子。

越想越生氣，眼淚卻是止住了，多想下決心再也不跟身邊的男人說話，同時，暗自唾棄自己的心軟不捨。

「上車。」是低啞深沉的聲息，我賭著氣。他接著又說：「上車，我有話跟妳說。」是前所未見的溫柔，摻雜著不應該出現在他身上的情緒。

不確定的、躁動的、隱忍的。

著魔似地陷入他這樣的語調，他眼底暗黑的風暴捲起波瀾，我垂在一旁的手指輕顫，忽地向前一步，拉著他衣服一角，然後，僅僅拽住。

「梁鏡句你……」

回顧起來都不可思議，明明還在跟他生氣，只是，看到他露出那樣的神情，覺得沒辦法丟下他。

所以，坐在前座的車位，我靠著窗沿無聲嘆息。

窸窸窣窣的細微聲不斷，我偷偷瞄他大動作在幹什麼，從後座拿過一份紙碗餐盒，他看過來，我被抓個正著。

「生病還不好好吃飯。」

「咦？」

「把這些粥吃了，不是還要吃藥嗎？」

我傻傻點頭，抱著溫熱的碗。「喔……」

「這家店我常吃，而且距離這也不遠，口味清淡，妳吃看看。」

「好。」我低垂著頭，近乎呢喃，「那你吃了嗎？」

他極力說著話要掩飾羞澀與侷促的模樣特別可愛。

眨眨眼，我慢吞吞繫上安全帶，打開塑膠蓋子準備進食。他收回眼光，轉正身子，解鎖、啟動。

靜了靜，沒忍住，「你怎麼知道我感冒了？又是念念？」

「嗯。」他的肯定像是自喉嚨深處沉沉響起，帶著不失韻味的沉穩。

他不再說話，我也噤了語。吃完並收拾好垃圾，猶豫瞟了他幾眼，翻開手邊的歷屆考古題，低下頭，迅速翻動著，卻一時間不知道從何看起。

車速極快但是極穩，一路無語，車子開出了ST區、開過了學校。老實說，我不是很喜歡一頭霧水的感覺。

心中沒底，總是惶惶不安。

我瞅著他的側顏，最終，沒說出什麼要求或提出什麼疑問。就這樣吧。有些人註定是自己的軟肋，註定拿他沒轍。

註定會因為他做一些改變。

在沒有意識到的時候我已經嘆了好幾次氣。

我偏開目光去欣賞陌生的街景，因此，正好錯過梁鏡旬深邃難辨的注視。

車子停在市中心外的秋葉廣場。一旦秋季來臨都會吸引許多人前來拍照打卡，如今楓葉不算上茂盛，人群稀疏。

「到了，走吧。」

「這裡？」

原來他選好地點了，以為他又要開到停車場再好好說話。

他熄了火，唇邊勾起謎樣笑意。「難道又想直接待在車上說話？憋死都沒有人知道。」

眨眨眼睛，機械般的動作，我果斷解開安全帶的束縛，拎起包包，用力推開車門踏出去，晚風立刻撲面而來，我瑟縮了下。

硬生生忍住打噴嚏的衝動。

沒有等他，撓撓頭，感覺怪尷尬的。回憶起剛剛哭得亂七八糟，直想往前衝撞上棵楓樹撞暈算了。

「走這麼快幹麼？逃命……還是，惱羞？」

他似笑非笑的聲音如影隨形，確實是惱羞。我猛地回頭，來不及摀住額頭已經撞上他的胸口，這倒是預期之外，他就站在我身後，一步的差距。

是我自己走向他。

梁鏡旬的笑聲與溫熱的氣息都在我頭頂。

難能可貴的真誠愉快在胸口震盪，切切實實傳達過來。我稍稍扭了下掙扎，換來他更加用力的禁錮。

這人……耍流氓耍上癮了啊。

被冷風颳一下，過熱的腦袋才好好冷靜。如果要特意去理解梁鏡旬特別在哪，不外乎是，特別嘴賤、特別喜怒無常、特別敬業……還有，嗓音特別好聽。

這些，似乎輕盈得不足以成為我在意他的理由。

我咬了咬下唇。特別的不是他是如何的人，而是，特別在我為了他的改變。

偷偷買了幾本刊登他攝影作品的雜誌、偷偷研究起攝影對光影的捕捉，將他的訊息視窗釘上標籤，深怕被擠到找不著……還有很多很多，尤其，聽著《聲聲不止息》節目，會不經意想起他。

梁鏡旬的聲音簡直要稱神。

除此，不要以為長得帥就天下無敵，一直對我發脾氣！雖然我是真的沒有對他免疫。

「我不喜歡妳在螢幕前搔首弄姿被人觀賞。」悶悶的聲音在頭頂響起。

不過是幾天前，我們明明還閒聊著無關風月的話題，我們還有一搭沒一搭地廢話連篇，不曾提到關於曖昧與關於愛情。

明明第二見面時候，他還戲謔著問我幹麼不參加年曆徵選。

他環抱我的雙臂又收緊。接續道：「不喜歡妳接了廣告會跟其他男生搭檔，不喜歡妳去學弟工作的地方探班，不喜歡妳做飯給其他男生吃，不喜歡看妳生病……」

這個人說了太多次不喜歡，繞得我頭昏眼花。

靜靜相擁，我在等待他未完的話。

他悄悄移動黑色髮絲覆蓋的腦袋，依靠在我的鎖骨處，溫熱曖昧的氣息讓人整個人都坐立不安，腳指頭輕輕不自覺蜷起。緊張得站不穩，我伸手拉緊他的衣服，維持平衡。

「葉若唯，除了我喜歡妳這個解釋，我沒有其他答案。」

我想仰首偷看他的表情，他卻死命按著我的腦袋不讓我如願。

這個男人害羞或難為情時，耳根會不受控的泛紅發燙。我勾長了手，清涼的指尖先是觸上他的頸項，他立刻背脊都僵直了，匍匐前進似的，終於停在他的耳朵。

果然。心口漫溢溫軟的情緒，甜蜜的、浪漫的、真摯的，他的心意。

還有，我的。

有些怔忡，忘了移開手。下一秒，梁鏡旬稍微鬆開我，我正慶幸得到喘息的空間，努力要飛快整理心情和勇氣，也告訴他我煩惱的心意。一道侵略性的熱氣鋪天蓋地下來，我眼眸一詫，抬頭的動作被遏止，瞬間又捏緊手指。

睜大眼睛盯著他放大的臉龐，唇上的柔軟傳遞著酥麻又強勢的感覺，狠狠熨過。他似乎對我不滿，咬了我的下唇，靠在嘴角低喃，帶著極誘惑的堅定。

「閉上眼睛。」

「梁……等等……」

他是多麼驕傲桀傲的人，壓根不讓我拒絕。我像是被拽進一個虛幻的世界，知覺不到外界，只有他的存在分外強烈。讓人不可抗拒。

不知道過了多久，不知道經歷多少次快要窒息，他終於甘願確定收兵，退開到一個拳頭的距離。我的臉頰絕對絕對是紅得不像話，他眼底深沉的暗潮像染著不可名狀的情慾，心裡慌亂，我低下頭假裝看不見。

哪有人這樣的？不是才表明心意嗎？

我什麼都沒有說他就可以先吻我嗎？

就這麼有自信確定我會被他吃死死，這個男人就是驕傲又任性妄為。

這下他倒是坦然面對我，瞅著我的流轉波光裡頭的又羞又惱，他輕笑。

「知道後果了就不要隨便撩。」

半晌，我才會意。咬咬牙，原來是自作孽，可是，誰知道他這麼沒定力，不就是摸幾把耳根，哪裡算點火了。

不在這事情上琢磨，害怕計較狠了，小鼻子小眼睛的男人又要抓狂了。

「梁鏡旬，我能問幾個問題嗎？」

他挑了眉，「問問看。」

「你為什麼會……喜歡我？」

「不知道，一種直覺。」

好任性妄為，好沒誠意的回答，不過，要是他反問我，我應該也給不出明確的形容。好，這題作罷。

「那我們現在是什麼關係？」揉揉鼻子，不管怎麼問都挺彆扭的。

先前跟梁鏡旬鬧得太凶，忽然要這麼親密，練習一百次都不能習慣。

他依舊攬著我的腰，好像愛不釋手，嘴上漫不經心地回答，「女生就是愛不停確認，那我問妳，妳喜歡我嗎？」

「咦、我……」

「沒有第一時間否認，說不出口就是了，我好心體貼不問妳，我可清楚妳的個性，妳自己挖坑跳不能怪我。」

「你怎麼知道我……」

我說不出口啊！

「感覺，妳以為全世界跟妳一樣遲鈍嗎？」

皺眉，我扁嘴，突然有輸掉的糟糕感覺。胸口的喜悅減了一些，所以，他是老早抱著我會答應的篤定跟我告白嗎？

明明他沒有做錯，但是，心裡就是不太舒服。

我好不容易擠出一句話，「那，是我先喜歡你的，還是你先喜歡我的？」

「葉若唯妳這麼理智聰明的人，也會問這種稀奇古怪的問題，這個有差別嗎？」

我緊緊蹙著眉，我也知道這問題一點意義都沒有，不論是我自尊心作祟，或是其他，我都希望能夠得到答案。

他盯著我，嘆一口氣。如他所說，他了解我的倔強和牛脾氣，還愛裝腔作勢，深怕被人看扁、深怕自己不夠獨立強大。

「也許我們認識時間確實很短，但是，不能就此論定彼此的喜歡不是真的，或是一時興起。我急著表明，只是我不想錯過，誰知道妳身邊還有多少個學弟學長什麼的，說不定還有實習醫生主治醫生之類。」

思緒跟著他的話兜轉。上星期為了等金醫生的值班，在實習醫院待到深夜，公車與捷運最後一班都已經駛離，最後，讓金醫生開車繞了路送我回家。因為排班關係，學長經常會拉上我，在金醫生身邊跟前跟後。

怪不好意思的，可是能學的多一點，我也不會拒絕。

原來我說過的生活日常，都不是成為他眼裡的過眼雲煙，他都有好好記上。

「我想趕快抓住妳，名不正、言不順，要不然親妳抱妳都不行，也沒理由表示我對妳跟其他男生單獨出去的不爽，憋著多累。」

聽著有些迷惘，但是，他的聲息以及他的坦言，不用摸著左胸口，我便可以感覺到相同頻率的震動。

他捏捏我的掌心，眼裡閃過堅毅，「這些話我只會說一次，休想我再重複，自己好好聽著。」

我傻傻點頭。

「我覺得，我們兩個誰喜歡誰的先後不重要，如果妳真的在意，就算我先喜歡妳喜歡到不行。可是，我佔有慾強，討厭妳跟男生太親近，工作有時候需要出國出差，脾氣差，不會講好聽話，不會做飯，這樣的我，妳可以接受嗎？」

起初還是點頭如搗蒜聽著，最後，我噗哧一笑。這人難得挺有自知之明的，看來不是沒救呀。

只是那句「就算我先喜歡妳喜歡到不行」，在空氣激起迴響，輕輕觸碰耳膜，卻是重重擊在心臟上，讓風吹得乾澀的眼睛濕潤起來。

披著堅硬的外殼在夢想的路途勇敢走著，永遠永遠努力讓自己高高在上，偶爾躲進父親的懷抱撒嬌脆弱。很久沒人心疼我的生病，我連朋友都不願意麻煩，總是趕在病情嚴重之前縮在住宿裡頭。

恐怕都只有小兒科醫生知道我病了。

但是，他媽的誰愛堅強了，我也想討拍呀！

一起走到中央的噴泉旁坐下，冰冷的石子觸感讓人哆嗦。梁鏡旬擰眉，褪下自己的外套就要往石緣放，我嚇得連忙阻止。

他一臉困惑，眼神帶著的理所當然是暖心的。

「放地上會髒。」

「哪件衣服不放地上也不會髒的。」

他反駁得很快，我一噎。這麼說也沒有錯，只是我那顆世俗的心理過不了那坎，那件外套瞧著少說要上千元。

我就算買不起還是有點眼力，認得出品牌。

看出了我眼底糾結的原因，他失笑。剛抬起手我便很有自覺仰了首後退。他漆黑眸子裡星亮的笑意更深幾分，甚至帶著一些些的危險與警告。

我僵住表情，緩緩挪移角度回來，不能顯得太過沒有骨氣與膽小。嘿嘿朝他乾笑兩聲，博取一點傻人傻福氣。

「要麼就著外套坐下，要麼到車裡坐著。」

「沒有回家這個選項嗎？」懨懨的神情，聲音都低了。

「葉若唯妳真色，回妳家還是我家呢，妳適應關係適應得挺快的。」

聽聽他那得意愉快的語調，我只想送他神經病三個字。心中的念想是氣勢磅礴，說出來的指責卻是帶著女孩的又羞又惱。

相視著，我瞪著他的笑跳腳，「說什麼啊你！誰色了？你最色了好嗎！我說的是各自回家，各自！」

他揚眉，耍賴著，「妳剛剛可沒有說各自。」

「不可能，你記錯了。」這句話說得挺沒底的。

我真的忘記自己幾秒前說了什麼。

他饒有深意地嗯哼一聲，我感覺臉頰熱燙，沒法跟他好好說話了。梁鏡旬揚著他最在行的笑，眼角眉梢都有邪魅的壞氣息。

既讓人心動又讓人膽戰心驚。

「你剛剛……說什麼關係？適應什麼關係？」

他捏了我的掌心，看樣子是很不滿，「別想跟我說現在才要賴帳，我喜歡妳、妳喜歡我，這是剛剛都確認的，妳有什麼異議、有什麼問題？」

這樣子講乍聽沒錯。我眨著眼睛，感冒病毒還在侵襲此刻不靈光的腦袋，思緒一團混亂，濃稠得像糨糊。

「梁鏡旬，你了解我嗎？」我們真的可以這樣就說喜歡嗎？

兩個人走到一起，真的只需要確認彼此喜歡嗎？

前一段愛情的離散彷彿歷歷在目。他的佔有慾或許沒有前男友病態，也沒有打腫臉充胖子的自信，不會我需要斟酌每句話，怕傷害到他的自卑。

只是，總會有其他問題。

我們之間的喜歡，我們對彼此的喜歡，有沒有強韌到我可以為了他退步、他為了我調適。

他的口氣似乎不當一回事，「我們有漫長的時間可以好好深入認識。」

「所以就是不了解。」

「妳鬧彆扭了啊。」他瞥了我一眼，我的聲線與笑容都淡漠了，他將原本是話題主角的外套披到我肩上，下意識再握緊我的手。空氣裡的溫度絲毫沒有影響我心口的熱度。

我很害怕。

我們都不是什麼國高中生青春歲月裡的孩子，不是有力氣與時間可以在愛情裡狠狠跌跤的年紀。

雖然，與他以結婚為前提交往這樣說太沉重。只是，我已經開始會害怕會分開的任何一點可能。

他不能理解我的卻步遲疑，以致我也要懷疑起，自己的固執與無謂的煩惱是不是庸人自擾，是不是不過是一時間接受不了這個親近的存在，忽然急遽闖入我的生活。

忽然瓜分生活的重量。

「比起這個，我覺得要先解決另一件事。」話鋒轉移了，他噙著一抹凌厲冷靜的笑，特別陰森，溫度零下的那種。

「啊？」

「所以說，妳把原本準備給我的飯，隨手送給另一個男生了？」

我一懵，反應過來，「你怎知道的？」

「猜的。」梁鏡旬瞇起眼睛笑得更令人驚心，氣焰很甚，「我倒是沒料想到，現在妳很直接承認了。」

所以啊，誰先心虛誰先輸啊。

氣勢先矮了一截，明明是他放我鴿子，現在還有資格倒打一把。我努力鼓足氣勢，「怪我？你自己不等我落跑的。」我下意識縮了腦袋。

他不可置信地笑了，哼出冷意，「妳不知道這個季節晚上風有多冷嗎？妳讓我在外面等妳送飯來太沒有良心了。」

我愣了，完全忽略這層原因。

看著我眼裡的無辜與傻氣，他好氣又好笑，一股怒氣像是無處可放，伸手揉了揉我的頭髮，將一切都弄亂了。

「以後，敢再幫我之外的男生作飯，妳試試看。」

梁鏡旬的醋意與氣勢來得波濤洶湧，我甚至忘了問他難道替我老爸煮飯也不行嗎？

報告寫著寫著，仍然會失神。

就這樣脫單了？就這樣拐了大攝影師了？

盯著在眼前模糊的數字筆跡，心事亂糟糟，簡單登錄個資料都無端煩躁，弄了兩個小時還沒完成建檔。

放下手邊的工作，我開了其他網頁瀏覽，轉換轉換心境。一手自在滾動滑鼠，一面端著咖啡靠在唇邊啜飲。

手機滋滋震動兩下，我正想一如往常選擇性忽視，不過瞥一眼，瞧見發送者，先是一愣，默默拿過手機點開視窗。

晚點有空吧。

我揚了眉，逕自咀嚼這文法，究竟是肯定句還是疑問。

遲疑之際，電話立刻響了。我手忙腳亂接起，氣息還有些不穩，微帶嗔怒。立刻被自己噁心到，拍拍手臂的雞皮疙瘩。

「又不回訊息？」

我摸摸腦袋，「大爺，你剛傳訊息不到兩分鐘，你要逼死人啊。」

他的聲音有他一貫的霸道，以及不可一世的張揚，思及這樣美好的嗓音是被我擁有的，嘴角忍不住起了弧度。不過，連他的欠扁都不討厭，想來我還是挺自虐的。

「是嗎，反正問妳還在實習嗎，晚點有沒有空吃飯，然後跟我去看相機。」

「沒有。」我瞄了未完的文件檔一眼，思量他語氣裡的柔軟是不是帶著我所認知的撒嬌，心一橫，我故作輕鬆，「待會也沒事，剩一點作業，晚上回來再做也來得及。」

他的笑意在彼岸輕輕快快響起，我跟著露出笑容，像個傻子一樣。

「老地方等妳，到了妳再下來。」

「知道啦。」

吐出一口氣，痠疼僵硬的肩膀都彷彿輕盈起來。從前老是覺得戀愛的人浮誇，一個人的心情哪會跟著喜歡的人起伏到這麼不像話。

這些果然是冷暖自知。

很快地，收到梁鏡旬貼圖訊息的催促。這個人的沒有耐心我不是第一天認識，飛快抓了外套便出門。

闔上大門之前，給予亮著螢幕的電腦一點目光，心裡糾結半秒，不會去很久就別關機了，反正待會兒會自動關休眠。

秋末冬初的中午陽光還是嚇人的，此刻夕陽餘暉映照的傍晚，才是最舒適的溫度與天氣。我瞇了瞇眼睛，熟悉的車子落入瞳孔，掀起難以壓抑的愉快。

不能讓他發現讓他得意。

「你很餓嗎？來得這麼快。」

泰然自若上了前座，一面繫著安全帶，努力面色如常地向他搭話。關係的躍升很難一夕之間習慣啊！雖然眼前這位先生的調適速度簡直是火箭。

確認我坐好坐穩，他扭回頭注意路況，「被工作弄得心情差，肚子餓心情更差，要早點看到妳。」

「看到我會怎樣？」枯萎許久的資深少女心在叫囂呀。

我眨巴眨巴眼睛，側過身子盯著他直瞧。換來他不經心一瞥，嘴上的話也很不討喜，但是，嘴角的失守可不是錯覺。

「看見妳心情好。」

「看我花見花開，人見人愛。」

「葉若唯，我怎麼不知道妳這麼自戀。」

「現在知道了也不晚啊，誠實是好事，我的優點我知道。」話落，我自個兒嗤嗤笑到無法自拔。

手指敲著方向盤，他無語。「妳是假的吧，我女友不是女神嗎？才過一夜就變成神經病。」

「我在你面前有女神過嗎？」我疑惑了。見面十次，我應該有八次都被他毒舌到炸毛，形象這東西很久沒見到了。

甚是想念。

「好像也對，確實沒有。」

自己這麼說可以，輪到男朋友嫌棄就罪不可赦了，他必須用愛和關懷來包容，尤其他明明是罪魁禍首。

大概是打定主意要給我放火，他不緊不慢接上一句。

「妳搞笑啊，看見妳心情就好。」

「你才搞笑。」馬上正襟危坐，皺皺鼻子，我輕哼，「沒有人比我更正經的了。」

車子剛好打一個大彎，我趕緊抓住拉桿，見他得逞的惡意，這天下真的沒有比他幼稚的人了。

「晚餐要吃什麼？」

不理他，一下子示好會顯得我的賭氣太輕率，必須等他哄我。

沒等到我的答腔，梁鏡旬空出一隻手勾了我的肩，帶點曖昧的溫暖觸碰將彆扭都拂散了，我更加啞口無言。

葉若唯妳沒救了。我悶悶吐出兩個字，「拉麵。」

「再多點一份餃子。」

「和好成交。」

抿起唇，勉強算是他先低頭吧，打平打平。與他一起直視前方的道路與街頭風景，腦中回憶起認識不滿一星期時候的他，淋漓盡致體現那毒舌。

跟他還不熟多讓人尷尬。

那天又在學校廣場遇見。他十分嫌棄地上下打量我的穿著，兩條好看的眉毛輕蹙，我見他面色凝重，順勢跟著瞧了自己幾眼。都想掏出化妝鏡確認是不是毀容了。

白色高領的短版針織衫，略略扎入深藍色的格子毛呢窄裙，腳下蹬著黑色皮質短靴。

「有什麼問題嗎？」直盯著我瞧做什麼啊？怪令人發毛。

「我真懷疑妳的眼光。」

梁鏡旬又放大絕了。清冷的嗓音與深邃的眸子裡，全是明顯的鄙夷。我絕對是傻了才會做這麼搬石頭砸自己腳的事，完全是自取其辱的問話。

嗆得我噎了半晌，一口悶氣堵在胸口，不發作會憋死的。頓時揚了眉毛，掀了潑辣，揪住他的批評。這個人的嘴巴怎麼可以這麼壞！

白白浪費他一副好嗓子。再說，我哪裡沒有眼光了！

潔白柔和的白毛衣能把我的膚色襯得更加白皙，剪裁合宜的窄裙顯露一雙修長的腿，踩著黑亮的短跟靴子，明明都搭上流行，哪裡能被他說一聲醜！

他嗤笑，毫不客氣。「妳該不會以為順著韓系或復古風格的潮流就是好看吧？盲目又膚淺的跟風，完全沒有自己的特色，埋到人群裡就那身高能突出，難道這不是缺乏審美觀？」

僵直了身體，盛氣凌人的眼黯了黯，我反駁不出任何一句話，侷促又尷尬地咬緊下唇，面色蒼白難看。

以鑑賞時尚的眼光，他不覺得自己做錯了，設計哪能容忍一絲差錯或敗筆。以身為朋友的角度，他彷彿是難得覺得自己話說重了，撓撓淺短的髮尾。

沉默半晌，幸好他這段話說得小聲，沒有在全世界人面前打我臉。

「咳咳、反正妳長得好看，穿什麼都好看。」

他不輕不重補述一句，給人一刀再遞糖的事情他似乎做得很順暢。

後來的後來，他偶爾會與我閒聊起近期的時尚與流行，除此之外，會特別提出他的見解，什麼樣的妝容或什麼樣的服飾適合我。

頻繁的聯絡也是從這時候開始的，不過不是太美好的契機。

「你剛剛……點了酒？」

服務員收起菜單離開，我愕然，盯著他從容不迫的舉止，拿起手邊的木製餐具擦拭，再輕輕墊著紙巾放在兩人之間。

我們在小巷弄的一間古老日式拉麵店用餐，裡頭位置極少，控制人數以維持品質。我與梁鏡旬選了吧台前的座位相互挨著。不時有晚風颯颯徐徐吹送進來，臉頰的燥熱分明和外界感受截然不同。

「嗯。」

「嗯什麼呀，你等下不是要開車回去嗎？」

「喔，忘了。」我只能看見他的側臉，眉目未動，聲息依舊平穩，沒有絲毫驚訝。

「在國外生活習慣了，他們飯後的愛喝一杯。」

「少來，你都回來多久了。」

他聳肩，帶著不負責任的理所當然，「就是還沒戒掉。」

我只能比他更堅決，眼明手快奪過立刻端放在桌上的啤酒。承受他似笑非笑的目光，吞了吞口水，我立場明確。

「喝酒不能開車啊，不准耍賴，耍賴也沒用。」

「這麼一小杯不會醉。」

「這麼一小杯酒測也驗得出來。」

他嗤笑，「妳以為警察多願意在外面吹風，要遇上酒測還要有很多運氣。」

說不過他，我搖搖頭，死命偏過身體保護酒杯，這不是刻意要守法，我是愛惜自己的小命，順便照顧他的生命。

「妳沒有駕照？」

我一愣，點頭，「有啊，機車和汽車都有，怎麼了？」

「那妳怎麼都等公車或搭捷運？」

「家父不准騎機車，父命難違。」攤攤手，我說得隨意，盯著他蹙起的眉，我笑了。「也沒有什麼，很多人都會疑問我為什麼不抗爭，為什麼要聽話，騎車多方便。」

他沒說話，我知道說中他心裡所想的。

「其實要不是我媽車禍過世，我爸不至於這樣小心翼翼，隨時都怕我受傷。他向來都是最支持我嘗試新事物的。」

我平靜了下來，聲線無波無瀾。「我也會有氣自己不能騎車的時候，討厭總是要提早出門。只是，我不能不替我父親著想，他是我在這個世界上最親近的家人。我不想做會讓他提心吊膽的事。」

聽見老舊冷氣運轉的聲音。空間裡，明顯無形傳達一個事實，有我、有他，除了風，別無干擾。

空氣中的沉重匍匐蔓延，將最後一點輕鬆都填滿。

我摸著後腦杓懊悔，又把氣氛搞這麼僵硬幹麼？忍住撞木頭桌面的衝動，思考如何扭轉氣氛。

他蹺起二郎腿，難得舒展的坐姿沒有平時優雅，側過頭，眉眼間全是溫和的笑，我發著愣，深怕自己意會錯了。

梁鏡旬的眼裡沒有絲毫不屑或不以為然，反而，我看見點點疼惜的星光。

「既然如此。」

「嗯？」

我盯著他自在又親暱拂上我肩頭的手，相觸的面積燒灼一般，分明剛剛在抱怨冷氣太強，他的觸碰瞬間讓熱度竄進血液，迅速擴散全身。

從頭到腳，感覺連腳趾頭都燒燙起來。

「待會換個位置吧。」

他瞇起眼睛燦爛燦爛笑著，要閃晃人的注目。

我傻傻沒理解他說了什麼。他理直氣壯伸長了手，俯身，氣息與溫度貼近到耳邊，我縮了縮，聽見他在輕笑，再來，是手臂還過我的肩頸。

我依稀又聽見他的指尖輕碰玻璃酒杯。

「什麼？」我盡力穩住聲律。

「我累了，等下回去換妳開車。車子就直接停在妳家附近的停車場，我搭捷運回去。」

「你肯搭捷運？」好不容易飄出一句遲遲梗在喉嚨的話。

「或是一通電話讓孫沐彥來載。」

他毫不遲疑改口，聞言，明顯他絕對偏好後者。

這男人真是好計謀啊，說好的心疼女人都是假的。

他露齒微笑，「這樣，我可以喝酒了吧。」

斜斜倚著牆壁，我不自覺摩娑著耳機線，等待重播的前奏響起，在心中的倒數計時噹地到零，耳朵傳進溫柔清和的聲息，沉穩不走調。稍微抬首，卻是在腦海與眼前的人聲線重疊，我瞇了瞇眼睛。

不是沒有懷疑過梁鏡旬就是〈聲聲不止息〉的主持人。

可是我沒有絕對把握，相像，這是這麼不可靠的直觀感覺。

「……不止息，大家午安。前幾日臉書分享了紅酒燉牛肉的食譜，收到許多聽眾朋友提供其他烹煮方法，今天給大家唸一下我們的整理。」

記憶著他口述的步驟，一面回想起我第一次為梁鏡旬下廚，做的就是紅酒燉牛肉。學點別的做法，改天可以嘗試。

當半小時的廣播時間結束，站在與他相隔一段距離的地方，盯著他低頭認真研究挑選相機的身影，我輕手輕腳挪了身子，安心望著他不再玩世不恭的神情。

眨眨眼睛。沒見面的時候會想起他的細膩與貼心，當他近在咫尺，卻老是記起他的張揚的壞笑。

曾經也陪他順路去看過一次相機專賣店。想起當初兩人針鋒相對的談話，沒由來啼笑皆非。

「陪我去看底片相機。」他的語氣總是不會給人太多好感。

就剩他嗓音可以秒殺人而已。他擺譜，我當然不能歡快答應，即便心裡有著難以壓抑的興奮期待。

「哇，你這是在約我嗎？」

「這裡除了妳我，我不知道妳還看見了誰。」

這種鬼故事的前奏不能放任他開始。

總是總是這樣無道理可尋的開端，不知不覺，梁鏡旬大搖大擺走進我的日子，想來還是自己引狼入室的。

轉眼之際，他似乎談妥價格，伸手向口袋掏出皮夾要刷卡付帳，姿勢帥氣俐落，難怪多少人夢想有霸道總裁。可是，眼前這個人是跑錯棚了呀。

見他拎著袋子緩緩朝我走來，身後的老闆還瞅著電腦喜孜孜，抽空給我感激的笑容，笑得我莫名其妙。

拿錢灑的人又不是我，好的，應該是看我美。

我的真實性子他也摸清了一二，能猜想到我又在心裡默默自戀，他也不打斷，逕自牽起我的手往外頭走。

「攝影師真的有那麼賺？」揮金如土絕對就在形容他。

「調查我資產是打算嫁我了？交往的告白說不出口，求婚倒是很敢。」氣勢很足，他趁勝追擊。

這不能不反駁了。我瞪著他，「不要惡意曲解啊，誰跟你求婚了！」

「惡意曲解？」

「想像力過剩……」怎麼光是聽他的聲音便讓人折服。

他哼出意味不明的冷笑。包覆住我手掌的大手縮了縮收緊。感受到他不是善意的壓力，我討好地動動手指頭撓他手心，擠出最真誠的微笑。

我的笑容似乎不偏不倚落入他深邃的眼眸，他的眼裡要碎出光似的，耀眼奪目，我像是他視線裡的唯一。

他忽然轉而用力攬住我的腰，原本順著大街走的步伐一轉，落了一步拐進巷內。我沒能反應過來，眼睜睜看著視野不斷變換。

睜大眼睛，感覺他溫熱曖昧的氣息，夾帶令人不可忽視的霸道與執拗，他對於親密的接觸向來樂此不疲，我再也不相信他有什麼自制力。

他早有預料我會第一時間閃躲，另一手迅速捏住我的下巴，箝制我的逃避。隨後一點點鬆開力道，臉龐在眼前逐漸放大，我忍不住憋住呼吸。他輕笑一聲，微涼的唇瓣毫不猶豫壓了上來。

這個人！這個人怎麼可以說親就親呀？不對，他根本沒說，沒打聲招呼。

約莫十秒，或是更久，腦子都攪成糨糊了，我只知道自己快窒息。

掙扎著掄了拳頭輕輕敲在他的胸膛，誰知道這樣的力道如棉花，不用說能構成什麼抵抗了，根本是火上澆油。得到更加動情的輾轉，許久許久，才終於緩緩退開一點距離。

「你……」

「好好呼吸，想把自己憋死嗎？」溫軟的語氣略帶沙啞，聽出他的抱怨，黑亮的眼光裡閃爍著不可言喻的意思。

捧著臉，與他灼熱的目光如出一轍，我將額頭抵在他的肩胛，免得他又要發瘋一次，我駕馭不住慾火焚身的男人呀。

我只敢唯唯諾諾開口，「是誰不讓誰呼吸了……」嗔怒著怨懟。

他卻是失笑，手指依著觸覺找尋我的臉龐，然後掐了掐。

「以為我不知道啊，妳接吻的時候都會憋氣。」

「……」將頭埋得更緊了。

真的敗給他了。每次都能坦然討論這麼露骨羞澀的事，他的臉皮厚度真的沒有極限。

「知道害羞了？」

「就你不知道害羞好嗎……」

梁鏡旬順勢抱著我的腦袋瓜，原本聽見自己失速的心跳聲，在他的溫暖懷抱中逐漸冷靜，意識到我靠在他心口很近的地方。

他沒有他面上表現的淡定。

躊躇片刻，反正沒更丟臉的了。我緊緊環抱住他精瘦的腰身，較勁似的，他沉默與靜止一刻，頭上傳來他的綿長的嘆息。

「哇，現在是挑戰我嗎？」

「什麼？」

「不要裝傻，妳突然開竅我不知道要開心還是難受。」

他再無恥現在也拿我沒轍。

我拍拍他的腰，語重心長道：「要多吃點素，不要一直想著大魚大肉。」

善解人意的關懷只換來他落在肩膀上的啃咬。

「妳居然跟那個毒舌攝影師在一起？」

「妳也居然真的跟李哲佑復合？」

和孫沐念湊一起總是會一驚一乍的，兩個人都是閒不住的性子，讀書時期計畫起旅行與未來，沒有人比我們瘋狂。

因此，即使生活在同一個城市，一個月見不上面也不稀奇。今日倒是孫沐念突然出現探班，懶懶散散趴在櫃台的爛泥模樣挺嚇人的。

接到學妹訊息，我趕緊衝出來將這少女拖走，放任她在門口不知道會嚇傻多少病患。於是，讓她到樓下餐廳稍等一會，手邊工作結束才有時間聊聊。

孫沐念不甘示弱，輕輕哼兩聲，「誰跟他復合了？」

「喔？沒復合嗎？妳的心情全部寫在臉上了。」

少女立刻炸毛，可見被寵壞了，蠢兮兮的。有些朋友注定不會跟著時光老去，永遠永遠將屬於我們青春的樣子延續下去。

「女神妳最近功力大長啊，被調教過就是不一樣。」

「過獎，這是寶刀未老。」

「呿，我跟李哲佑呢，我是覺得可以慢慢來，他是說我們從來沒分手過。」若無其事地聳肩，紅撲撲的臉蛋洋溢著幸福。她的口是心非沒有變過，「反正，話都給他說就行了。」

「喔——」

低頭咬了吸管，一口氣喝完果汁，彷彿才足夠解渴。她抬手搧搧風，試圖驅散一些燥熱。

溫暖朝氣的聲音低了些，「總是我對不起他。」

屬於彼此的故事裡頭，因為擁有許多淚水與許多疼痛，我們不一定可以感同身受，可是，當我們看見對方眼底堅毅的光芒，都該替這份成長感到驕傲。

她的視線落點不動，她的自責就交予時間去解。

輕輕用攪拌棒碰觸杯緣，拉回她的注意力，「行了，少女，妳不是來關心我的嗎？幹麼開始自怨自艾。」

凝滯靜止的空氣似乎隨著她的笑容漫開，忽然流動起來。

「這是妳說的啊，讓我關心妳。」眉眼彎彎，她的右臉頰露出可愛的酒窩。

「妳這是八卦我。」

「隨便，也可以這麼說。所以從實招來，怎麼就閃電在一起了？」她皺著鼻子，「我哥果然指望不了，我的大嫂跑了。」

「跟妳哥一點關係也沒有，就說是妳多想。是他打閃電戰，我是想慢慢來。好，我是真的喜歡他，只是，我也沒有想那麼清楚……」

她撓撓頭髮，迷糊道：「喜歡就喜歡了，有什麼好想不清楚的。書讀多了，變得死腦筋了呀。」

盯著落地窗外的人群離散，分外感慨。我不懂自己的那份猶豫不決是為什麼，不論是不相信自己或是不相信他，逃不開惴惴不安的心情。

多少人曾經信誓旦旦，最後都在時間中走散。

「兩個人走下去，真的只依靠喜歡就夠了嗎？」

「唯唯，妳是不是介意你們認識沒多久，感覺很像草草確認就交往？有點速食愛情的味道。」

被說中了心裡的糾結，我咬了咬下唇，沒吭聲。

空氣中響起翻閱菜單的沙沙輕響，是下意識的動作。念念清澈的眸光滑過迷茫，「喜歡梁鏡句這點是事實，無庸置疑，只差深淺問題，可是，唯唯妳又是怎麼分辨自己不喜歡學弟的？」

怎麼確定自己不喜歡學弟的？我一時間怔然。

打從一開始他便毫不拖泥帶水捧出一份真心，用不著去猜想或忐忑。他將心事在陽光下攤開，與他一貫的溫暖如出一轍。

「大概是因為我知道他喜歡我吧。」

所以，親近一些像欲擒故縱，冷漠一些又不近人情。

念念懂我的意思，我向來學不會跟喜歡自己的人相處，尷尬又彆扭。

「哎，梁鏡句的不會追人反而在妳這裡有效呀。」

我哭笑不得，但還是輕易讓人看出我的無精打采，總是閃著自信光芒的眼，淡薄得似乎隨時會被撲滅生氣。

「不管了，順其自然呀，這不是妳名言嗎？」

「我也想……」

她放下玻璃杯，肯定點頭，「我哥、李哲佑和梁鏡句，他們是高中同學，我會知道你們在一起也是這個原因。他們都知道我跟妳要好，既然兩個人都沒說話，代表梁鏡句這個人靠譜的。」

「嗯。」

「而且我偷偷問過李哲佑，梁鏡句是出名的不近女色，學生時代跟業界都是，哪個女人稍微靠近一點都會被損得自慚形穢。久了，除了接洽經紀人和廠商，沒什麼人敢跟他說話。」

「為什麼妳的表情有點興奮？」撫額，忘記念念養著一顆腐女心。不配合她還不行，我有氣無力問道：「這是他和誰被配對過的意思嗎？」

「有的！跟孫沐彥！」

連自己哥哥都不放過，幸好沒有連男朋友都推出去。

「不過我要優先聲明，我可不會因為他是我哥和李哲佑的朋友就挺他，妳是我好姊妹，他敢欺負妳，我就把他揍得連我哥都認不出他。」

這幾天經常下雨，明明不是雨季，情緒泡漲在潮濕空氣中。

格外讓人容易心煩。

我向來認為前女友比追求者或愛慕者殺傷力大許多。

即使千軍萬馬的粉絲都敵不過一個前女友。但是，眼前這情況我看不懂，既不是前女友，更不是什麼指腹為婚的對象。

她拿什麼身分在我面前囂張？

「我說的話妳聽見沒有？」

沒有。

要是告訴她我不小心走神了，會不會將她氣死？

考慮到這位模特兒小姐正值工作期間，氣死她不知道算不算工傷，我還是收斂點，不能便宜她了。

尤其是來跟我搶男人的。

「妳一個外人憑什麼進到攝影棚來？妳知道我姨丈是誰嗎？他一根手指頭，甚至動動嘴巴，就可以影響到整個拍攝！」

我瞇了瞇眼睛，語氣依舊溫和。「妳自己都不知道妳姨丈是誰，我當然更不會知道，我們是第一次見面，小姐。」

似乎把她惹毛了，果然好好說話只能對正常人，對不講理的人，我只能攤手。

「妳不要故意轉移話題！我才不是要跟妳討論我姨丈！」

欲哭無淚了，小姐，我也沒有打算跟妳討論好嗎。

「妳是鏡句的粉絲嗎？這年頭不識相的人也太多了，妳是什麼資格可以在鏡句身邊跟前跟後，作粉絲就要有粉絲的樣子！不要給自己偶像造成困擾！」

我抬眼認真盯著她，漆黑的眸子裡有隱隱鬆動，她雖然仗著姿色顯得無腦，感覺卻是很細膩，捕捉到我神情的微恙。

她撥了撥長髮，美麗的臉蛋露出既譏諷又得意的笑。

「說這麼久，看來妳不知道我是誰，不懂就不要費盡心思往不適合妳的地方鑽。」她挑眉，也沒有禮貌伸出手，「我是林菓，IN旗下的第一模特兒，鏡句的專屬模特兒。」

我的眼神不再波瀾，只是心口的酸澀無聲無息且無法抵擋。深深吸一口氣，試圖冷靜充血的腦袋。我根本對梁鏡句的世界一無所知。

我根本沒辦法釋懷！

將微涼的手指放入長版大衣的口袋，強撐著氣勢與笑容，聲音不可避免低了冷洌了。

「喔，林菓小姐妳好好努力，看來還不出名。」

「妳！妳什麼人敢這樣說我！我……」

「是我女朋友身分可以嗎？」

聞言，我微愣。這樣清冷又高傲張揚的語調，以及清風拂面似的嗓音，在我心裡，只有那麼一個人擁有。

除了梁鏡旬沒有其他人了。

驀地抬頭，先是看見林菓小姐風雲變色的表情，呆了幾秒，發現周遭的工作人員動作都稍微停頓，想偷瞄又礙於梁鏡旬的權威不敢明目張膽。從一大早梁鏡旬拎著我進來便招來許多注目，可沒人敢多問一句是非，大多都是投以好奇曖昧的眼光。

第一階段拍攝時，一個小化妝助理湊到我身邊問候，乖巧的模樣透露幾分天真，對我咬耳朵說我是梁鏡旬唯一光明正大帶在身邊的女生，自從上次來探班就很吊他們胃口。

她說聽聽大神的八卦很滋潤生活。我汗顏。

我拉回精神，瞥了其他人力圖鎮定的舉動，莫名想笑。思考起什麼，順著聲音急欲回頭，咚地撞上某人的胸膛。搞什麼突襲呀，神出鬼沒。

「鏡旬你……你們在交往？」

梁鏡旬不可置否地輕笑，伸長了手臂勾過我的頸項，意思不言而喻。據說他從來不會和女生過於親密。

是據說。

我對於他的了解都是據說，一點都不符合我向來實事求是的個性。讓人不勝唏噓，觸及愛情，不光智商下降，連二十多年的性子都給變了，又或者，我不過是害怕多做探究。

不主動提起，害怕聽見不願意面對的真實；不主動問起，害怕他不以為然的證實。此刻被他攬著，在靠近他左胸口的位置，忽然，沒有一直以來的溫暖，反倒是有一股森冷竄了上來，我渾身都僵硬起來。

他是多敏感的人，低頭瞧了我一眼，我有所察覺，卻不敢回應他的視線，深怕眼底來不及掩飾的心慌與水光被發現，一味低眸斂眉，安靜得不尋常。

「這、這怎麼可能！」約莫是受到衝擊，她不自覺抬高了分貝，氣急敗壞的話語再也不見恭順。

聽見她用力踩著高跟鞋靠近一步。

「之前我們不是好好的嗎？我父母和姨丈見過你，也都說你很好，我們……」

近處的工作人員倒抽一口氣，立刻引來梁鏡旬的冷眼。

梁鏡旬將我摟得更緊，嗤笑，「不要說得好像我們論及婚嫁。第一，你家人親戚是稱讚我的作品，我跟妳一點關係都沒有，這個廣告不是妳也可以換別人。第二，ＩＮ旗下第一是妳高估自己，專屬模特兒是妳自封的。第三，我不是ＩＮ簽約的攝影師，沒有義務配合妳的喜好脾氣，想再找麻煩，不是我滾就是妳滾，懂了？」

這幾句話是字字誅心，林菓不再是漲紅了臉的盛氣凌人，臉色蒼白，像是輕風過境都會跌摔，一旁傻愣許久的經紀人這時才回過神，飛快衝過要將她攙扶到角落的沙發椅。

「你、你會後悔的……」

「我長這麼大沒見過後悔兩個字。」

林菓咬唇，憤恨的眼神還在掙扎要力挽狂瀾。

但是，梁鏡旬就是梁鏡旬，完全不留餘地。

「妳可能沒有聽懂，我再說一次，僅只一次，我不隸屬ＩＮ，用不著一副抓住我把柄的口吻。」或許梁鏡旬的高傲裡頭，最根本的是討厭被控制。

我以為到此為止，他不高不低的聲息又揚起，「林小姐，涉世未深不怪妳，但是，別出來獻醜，妳小看ＩＮ了。」

掙扎片刻，終究沒有抬起頭去看她的臉色。任誰難堪時都不願意讓人見到，儘管梁鏡句說得小聲，敲在她心上肯定是巨響。

其他人肯定也可以猜到是冷嘲熱諷。

工作持續到落日時刻結束。

稍作收拾，梁鏡旬帶了我離開。沿途，我一直死死盯著他看，不是想展現什麼柔情似水，不過是要他自知地搭理我。不出兩分鐘，甚至還沒走進店裡，梁鏡旬頓住恣意的步伐，無奈回頭。

「一直看著我幹麼？有這麼餓？」

「我餓我的，幹麼需要看你，看你是看辛酸。」白了他一眼，什麼概念。

他輕哼，「不好說啊，想吃我之類。」

這人自戀程度無法擋了。

「所以幹麼？有話要說？不想吃這家店了？」

「我在你眼裡就那麼任性嗎？」

他一愣，終於收起手機好好正視我，深邃的眼眸裡反射出我的情緒起伏。我的語氣很少這麼冷硬，他忽然感到陌生，下意識拽了我的手。

我沒有掙脫，但是也沒有反握。

「不是說妳任性，我要妳任性，妳是我女朋友，不對我任性要對誰任性？」他解釋得生澀，不拿手這樣安撫的角色。

我女朋友。

今天這詞好像有點使用過度了。我摸摸臉蛋，幸好已經沒有再發熱。

像是籠上一層霜色的眸光稍微陷落，我低頭嘆氣，低著嗓子緩緩開口，「算了，沒事，是我感覺不好，不干你的事。」

他扳過我的身子，骨感的手指抬起我的下巴。

「哪裡不干我的事，梁鏡旬不是葉若唯的男朋友嗎。」

「喔。」

「妳在介意剛剛那女人說的話？覺得她煩，還是覺得當我的女朋友很煩？」他耐著性子，很有循循善誘的意味。

承認不是，搖頭也不是，黑亮的眼瞳泛起一層困擾。

我只是介意，為什麼我每次都需要從別人的口中、從外界的八卦討論，得知與梁鏡旬有關的任何事情？

不光是他的成就、他的光環，甚至是他的過去與他的私事。可以不用刨根問底他的曾經，可是，我都不知道在我們短暫斷了聯繫的三天，他到巴黎開了展。我都不知道前天他的作品登上了日本知名攝影雜誌，別說他的家人與朋友了，他從來沒有主動提起過。

我不想懷疑他的心意。

只是這樣的差距，不是我微笑能夠帶過的。

葉若唯是梁鏡旬的女朋友，然而，卻總是傻呼呼跟著在後頭聽聞風聲，多像個局外人。

「你自己不知道嗎？」克制不住語氣裡的酸意。深呼吸一口氣，不想太咄咄逼人。

他拉著我恰好在寵物店前停下來。三三兩兩亦步亦趨在我們身後的人群，無意瞄了一眼，自然繞道經過。

沒有因為我們之間的沉悶改變世界多少。

「不要跟小孩子一樣，妳不說我怎麼猜得到？」

「對，我這樣看起來像小孩子，你知不知道，你現在給我這樣的感覺強烈更多？」吐出一口長氣，一點都沒有釋懷，「我想走近你，可是你給我感覺好像都……關緊門。」

梁鏡旬蹙了眉，我知道他要否認的。

掙脫他的牽握，有時候會讓一個念頭從浪漫中打醒，像是在寒風中打一個冷顫，瞻前顧後的畏懼都可以丟了。

我什麼時候讓自己委屈過了？

「不要說沒有，我感覺到的就是這樣，你說我是你女朋友，你考慮過我的感受嗎？我不在乎有多少人急著倒貼你、不在乎以前有多少人跟你鬧緋聞。梁鏡旬，我只看重現在。」

那些我來不及參與的過往，好的壞的，我可以做到不去關注免得給自己添賭。

「現在我們的關係，讓你對我說說你的生活事情，很困難嗎？」

終究做不到低聲下氣，一字一句敲在心上，我明白都讓人難堪。

仔細盯著沉潛在他深邃眸底的浪湧，一直以來都閃爍不已的自信高傲有一瞬的黯淡，我想替他撫平深鎖的眉頭。

手掌心的空盪逐漸被喧擾的風侵襲，透出冷意。

對視許久許久，久到周遭的人來人往似乎都被按下慢動作播放。眼光凝在他身上，怎麼樣都移不開眼。

以致於，梁鏡旬忽然動作，我雙肩大大抖了一下，被嚇得不輕。他輕快的笑聲打破了凝重的氣氛，我自己也感覺丟人。

他摸摸我的後腦，低笑著，「真可愛。」

「可、可愛個……」可愛個毛線啊。

猝不及防墜入他的懷抱，未完的反駁猛地噎住，屬於他的清香與他的溫度，自相觸的肌膚匍匐蔓延開來，他使勁再使勁，是要將我揉進身體裡的力道。

我咳了咳，「意見不合就想勒死我啊。」

還有，這人是在歐洲待久染上習慣了，想擁抱就擁抱、想親密就親密，一點都不在意別人的打量視線。

深知一次沒有推開他，他的決心與強勢就不會放過我了，埋著臉任由他。

「我沒想到這些，我以為那都是小事，很無聊，妳不會想聽。」

「那什麼事情是大事了？」

他一愣，明擺著沒有思考過這個問題。真是愛情單細胞生物。一段時間默然，在令人容易攏起睡意的安撫下，下巴抵著我的腦袋緩緩低語。

「上週五到日本作了專訪，下個月會播出。後天會進ＩＮ一趟幫忙節目。下週二要去

Colmar 取景，三天兩夜的行程。」

聽得一愣一愣，這是在報備呀。

「剛剛那女人的父母和我留學時期的老師有些交情，我去年受託幫忙拍一本一零八頁的特刊，不知道她怎麼想的，至少那段時間常需要回應她的要求，不能不給老師面子，然後，其實我不愛拍模特兒的廣告，裡面彎彎繞繞的心眼多就算了，還讓人看不上，好笑。」

「……嗯。」

「所以，很多時候不是在煩躁成品或效率，整件案子就非常影響心情。」

「喔。」

也許是頭一次梁鏡旬好好聊起他的想法，抿了唇，彆扭之中多的仍然是動容，而他的聲息難得乾巴巴的，有力圖鎮定的痕跡。

不開心時，難免放大自己為他做的改變，老實說，梁鏡旬跟本不是此刻這樣溫柔耐心的個性。

因為我執起的貼心，落在心口最柔軟的地方，比任何甜言蜜語或精美禮物要管用。

他側過頭，吻了吻我的耳垂，癢得我縮了縮，他的唇間溢出滿意的輕笑。

恢復冷靜的沉穩聲音拂過耳邊，將一綹碎髮都揚起，「妳來探班我就不虐待他們了，心情好。」

「有你這樣公私不分的？」

他的頭壓了下來一些，湊得很近，就在唇邊，「那妳說，誰是我的私了？」

聽聽這聲音，撩人沒有極限！欺負我弱腦波！

在摀住耳朵不受他蠱惑以及享受他的嗓音間掙扎，我咬咬牙，左右都是為難。綿綿軟軟的力氣槌了他胸膛，我硬著聲音。

「除了我還有別人嗎？你的私事。」

「嗯，只有妳一個人。」

「公平起見，你要說一些關於你的事情，任何事情，瑣碎的都可以。」

「什麼的公平起見？」他回望，帶著四笑非笑的戲謔，一面用紙巾擦拭嘴角，姿態優雅。

不就是吃個拉麵，用得著這麼講究嗎。

默默腹誹著他，毫不客氣以筷子當叉子用，戳了黃金炸餃子，一口塞進嘴裡，氣勢磅礡咬了咬。

「在我面前還真一點女神樣都沒有。」

眨眨眼，似乎意識到如他所說。鼓著腮幫子，趕緊將餃子嚥下，仰首喝一大口水，爽快。

「代表我在你面前很自在、很真實，你該開心。」

「喔，不是不可以。」彎唇，勾起惡作劇的笑意。狀似煩惱的偏過頭，只讓我看見他的捉弄。「放心，我對妳的愛強大到可以陪妳一起丟臉，果然是真愛。」

嘴裡的食物都要噴出來了。

奇怪的瞥他一眼，外面風太大吹到腦殘了呀。臉不紅氣不喘說這話，難道他的拉麵是甜的不是鹹的？

約莫是沒有得到我的回應，他有些羞澀難為情，輕輕掩嘴咳嗽，拍了我額頭，示意我好好進食。

分明是他說一些影響食慾的話。

「所以你要開始了嗎？」口齒不清表達著我的意志。

「要說什麼啊？妳舉個例子或當個參考一下吧。」

咬著筷子尾端，好像有道理，我給他起個頭也行。

眼見碗見底，朝他比個打住的手勢，我捧起碗徐徐喝盡濃郁的湯頭。好吧，我的食量是會讓人側目的那種。

接過他遞過來的紙方巾，我慢聲道：「可以說說你的興趣，你的大學或高中生活，還有你的未來規畫。」

他認真揚了眉，彷彿很感興趣我接續的作答。

「我國考後希望進婦產科，最好工作到大概三十幾歲。反正最慢在三十五歲之前開一家小餐館，還可以賣一些手工藝品，聊以維生。」

「我以為妳想當護理師當到退休。」

「那多累啊，我身體會垮的，我還是有些小小創業夢想的。」

而且，我對自己的手藝真的挺有信心的。

說到創業開店，眼裡都亮起不可思議的流光。梁鏡旬瞇了瞇眼睛，靠近一點，食指不疼惜地戳在我額際。我回過神要咬他，他已經在安全距離外眉眼含笑。

「煮飯只能煮給我吃。」

「你可以天天光顧。」

他勾起唇角弧度，饒有深意的笑，「妳最好之後還會說這樣的話。」

我微怔，話中有話也許藏著一點曖昧、一點甜膩。

「咳，反正這是目前打算，計畫趕不上變化也沒關係。」拍手合十，果斷換下一道問題。「興趣的話……烹飪，還有聽廣播。」

聽廣播怎麼有些難以啟齒，扭捏扭捏的。

他的俊眉微動，墨色眼瞳有不明所以的星光一閃即逝。

「廣播？」

「呃，對啊，你沒有關注應該不會知道，固定週三和週五的節目，有一個我很喜歡的節目叫〈聲聲不止息〉，裡面的主持人說話可好聽了，現在網上都稱他LOVE大神。」

提及大神，我的迷妹魂要燃燒了，不否認我就是小粉絲。

捧著雙頰回想，明亮的眼眸轉轉，露出小花痴的表情。完全是視男朋友為虛無的失禮舉動。

「而且，你的聲音跟他有點像，第一天見到你我就想說了，只是你那時候那麼討厭，我覺得拿來比較，就是貶低大神。」

說得歡快，把所有真心話都傾倒出來，後知後覺發現，乾笑幾聲。

梁鏡旬先是抽了抽眉角，性感好看的嘴角也不對勁了。做什麼呀，他突然要抽筋了是嗎，還很任性，是局部的。

「妳說那個廣播節目……」

「全名是〈Listen to Love 聲聲不止息〉，很好記的。」

「喔，嗯。」

「幹麼？梁鏡旬我告訴你，你可以不感興趣，但是絕對不能給我批評大神，我真的會生氣。」

他前科累累，怕他又開啟毒舌技能，我不能放過他。偶像跟男朋友槓上，我必須先維護偶像的名聲。

抬高下巴，眼神惡狠狠警告他。梁鏡旬反常地沒有嗤之以鼻，反倒是掏出手機使用搜尋引擎，我納悶，這是要立刻考察敵情嗎？

片刻，他將發亮的手機螢幕轉正面向我。

「妳知道這個節目是ＩＮ底下的嗎？」

「咦？」我睜大眼，聚精會神在資料上面。了當搶過他的手機。

「而且，還是孫沐彥策畫的。」

風中凌亂了。念念沒跟我提過這件事，一來我沒跟她說我喜歡的廣播節目，二來，她忙影視改編作就焦頭爛額了，不管這塊的。

皺了眉，跟他有什麼關係。我撓頭，「那又怎麼了？我是不會相信孫沐彥是大神的，上上上星期，就是月初的節目有他客串，他不可能分飾兩角吧。」

不就是一個節目，ＩＮ總不會缺人到需要社長精神分裂。

「妳記得可清楚。」

聽出他微亂的聲線裡隱藏看不透的情緒，我眨眨眼，狡黠笑了，臉蛋往前一湊，蠢兮兮盯著他。

「你是不是吃醋了？」

「我沒有那麼無聊。」

發現他話前停頓的時間越來越長。

「是嗎？」我也不失望，笑咪咪，「那很好，我可以放心繼續當粉絲了。」環起手臂倒向椅背。

「離題了，繼續說下去。」

「那也是你轉開話題的，是你要拉回來。」

這家店沒有用餐時間限制。服務生收走了餐碗，偶爾會繞過來替我們添熱茶，托著下巴聽梁鏡旬輕緩的聲音在靜謐和雅的空間中流淌。

搖籃曲似的，舒舒服服，彷彿是小時候母親說著床邊故事。我頓著頭，麥茶的熱氣將人熏得暖和，多日的疲倦困意鋪天蓋地落了下來。

敲敲腦袋，一面另一手掐著手臂。

「除了攝影，沒有考慮過其他工作，我不缺錢，不用去做不喜歡的事情，然後，興趣是攝影還有逗貓。大學交過一個女朋友，她劈腿，留學時候交了一個德國女朋友，習慣不合就分了。然後……」

然後……

「喂、葉若唯不要告訴我妳要睡著了？喂、有這麼累嗎？」

第四章

多日的勞累終於得到一口氣的休息，眼睛懶懶的不願睜開，伸展了手臂與蜷曲一整晚的身子，舒舒服服伸個懶腰。

可能是睡多了，反而有些疲倦，我瞇著眼睛又打個呵欠。

後知後覺這光線的強度讓我惶恐。

我的生理時鐘該是會被六點左右灑進室內的陽光叫醒，只是現在這強度好像不是清晨呀，呃，別告訴我是睡過頭了。

乾脆讓我再昏一次吧。

悄悄且慢慢掀了眼皮，還帶著自欺欺人的意味。

目光觸及陌生的吊燈、陌生的壁畫，我怔住，轉轉眼珠子，被厚重的棉被壓得結實，行動困難，看見陌生的窗簾子，還有陌生的牆壁顏色，最重要是，空間放大許多。

這、這是哪裡呀？

倏地起身，與此同時，恰好一道頎長筆直的身影走近，左手端著咖啡，右手推了金邊細框眼鏡，非常斯文敗類的形象，將人的精神都閃晃了。

我到底做了什麼呀，這是在旅館還是……還是梁鏡旬的房間？

愣愣盯著他步履舒緩隨意，走到我近處，我像是被按下定格動作，他挑了眉，對我笑了，重組起來的意識又被沖散。

笑什麼笑。

我的聰明伶俐我的精明睿智，都要被他笑飛了。

「梁、梁鏡旬……」我吶吶，底氣弱。

還有，我發誓呀，我的語氣絕對是心虛的猶豫，不是認不出他的遲疑。

這誤會不能鬧大了。

他再走近一步，我抱著棉被網床頭縮了，反射動作反射動作，不是懷疑他的君子品行，自己的男朋友要給點面子、給點信心。

「妳睡覺倒是很安分。」

「好說好說。」這話題不能放任，唯恐兒童不宜。

大好的清晨時光，能不能不討論睡覺呢？

他唇邊的笑有些邪氣，有些惡作劇的撩人，分外引人遐想。

我不斷朝他身後瞄瞄，抱著最後渺小的希望，也許他正在煮著熱水，熱水恰好燒開，然後他可以為了住宅安全到廚房忙去。

放我一個人寂寞寂寞就好……誰來支開他一下？

碰上他我就沒辦法好好思考。揉著太陽穴，耳邊落下馬克杯輕碰木製床邊桌的輕響，我蹙了眉，接著，一雙漂亮好看的手經過眼前，扶上我的太陽穴，力道溫柔。

他無奈了，「睡那麼久還沒有睡飽？」

「呃，大概睡多了反而會有點累。」臉色依舊在發愣。

仰起臉盯著他乾淨幹練的下顎，覺得平時冷硬的堅毅此刻好像忽然柔和了，而且，就在觸手可及的地方。

他順時針替我揉揉，輕淺的呼吸溫熱，儘管細微，吞吐在我身邊還是讓人有點那麼心猿意馬，心跳特別不受控制。

我摸摸腦袋，「你把我從店裡帶出來的？」

真沒好意思問出口，你是揹著我跑還是打橫公主抱呀。

「妳當我愛撿屍？問了妳半天是不是要直接送妳回家，妳就給我一巴掌，脾氣果然很大。」

「咳咳。」一面露訕笑，我扯了扯髮尾，眨眨眼裝傻。望著他眉目帶著戲謔的神色。「這就是那傳說中的起床氣。」

「都說裝睡的人叫不醒，妳是沒有裝睡，只是那清醒程度跟醉酒沒有分別。」

都說睡醒的人血糖低，血糖低不外乎造成易怒。現在被他毒舌，我只想用最後的力氣撲過去，同歸於盡算了。

努努嘴，我輕哼，「你矯情什麼，我以為你是會直接了當從我包裡找出鑰匙，毫不留情把我扔回家裡的。」

我家地址他熟門熟路。

「妳現在是准我可以自由進出妳家了？」

咦，是這樣推導邏輯的嗎？

攘開他的靠近，我一面翻找手機要查看時間。「別擋我，現在幾點了？」低頭瞥見他的錶，九點五十七！

九點五十七！

「哇啊！梁鏡旬我要做報告，你有電腦嗎？不對，我檔案沒有存到雲端，梁鏡旬快送我回家。」

他被我推得踉蹌一步，一面感嘆我的怪力。沒有費力反駁，抓了外套與襪子往身上套，伸手抓了抓凌亂的長髮。

「吃完早餐我再送妳回去。」

十萬火急呀，我已經踩上高跟鞋，他穿著棉質拖鞋站姿舒緩從容，游刃有餘到不行。將頭搖得像波浪鼓。我手掌合十輕軟請求。

「我那份報告今天中午十二點前要上傳，我數據分析還沒弄完呢。」焦急霸凌著後腦杓的髮絲。

「總不能不吃東西。」

「我先回家弄作業，麻煩男友大人幫我張羅食物。你可以慢慢來，然後你到我住處時我們剛好可以一起吃，呃、早午餐。」

「行，但是妳先去把桌上那杯牛奶喝了，敢餓到胃痛試試看。」

愣了神，反覆思索他的威脅。湧起又暖又甜的感動。

眼盯著我確實捧起玻璃杯開始喝，梁鏡旬摸摸我的頭，露出獎勵小狗狗的那種滿意微笑，回到臥室更衣。

十點十分，一起上了停在門口的車，我光速繫上安全帶坐穩，與從前的拖拖拉拉天壤之別，梁鏡旬啼笑皆非。

他已經拿下眼鏡，黑漆漆的眼眸流動縱容的光，格外清晰。

不能被他蠱惑，我拍拍他的臂膀，「出發出發。」

這真是奇妙的畫面。

十一點五十八分時候，郵件寄送成功。

推開滑鼠，解脫似地轉著椅子，沒多久，變成十分頹靡的姿勢。遞交了作業，闔上筆電，估摸著他應該要回來了。等了五分鐘，樓下門鈴響起，蹦蹦跳去給他開門，與他撞個滿懷。

他高舉著早餐，俊臉風雲變色，我沒分清楚他的情緒轉折，他手足無措的趕緊空出手攬住我，平衡我的身體。

「葉若唯妳女神的優雅嫻靜呢。」

為了給我送上熱熱的早餐，他特意繞了路，上網查詢了知名的早午餐店，計算來回的時間，不讓食物變冷。

這人總是貼心得不知不覺。

忍不住替自己驕傲一把，如此善解人意。

斜躺在床緣，單手捧著蛋餅紙盒，溫熱的觸感在掌心蔓延，另一隻手也不空閒，與嘴巴一起忙碌著。解決最後一口起司蛋餅，舔了唇角，吃飽喝足就是幸福。

望了正在使用我電腦修照片的男人，眨眨眼，這樣的日子很安靜舒緩，很讓人沉淪。

彎身收拾著矮桌上的狼藉，悄悄湊到梁鏡旬身邊偷瞄。他頭沒回、目光不動，騰出一隻手拍拍我的腦袋瓜，最後一道力氣將我拉靠近他。

「別鬧，我看看你幹了啥大事了。」

「說話文雅點。」

「有何貴幹？」

這句話殺傷力還足夠的。梁鏡旬點下存檔，立刻回身收拾我，不論我陪笑賣萌都不管用，我事後必須解釋成他獸性大發。

心裡有點安慰，武力低落就是會被欺負。幸好就是交換幾口口水。

眨去浮上眼裡的霧氣，跳腳著滾回床上，保持距離，以策安全。

他挑了眉。「滾床上去？」

待了半秒，他的臉皮厚得簡直首屈一指。

我悲憤了。「梁鏡旬你太無恥了！」

「無恥？」

「有恥有恥有恥，你最有恥了，剛剛什麼雜音，快忘記。不對，是你聽錯了。」

「也不嫌自己轉得生硬？」他睨著我。

「你還不是不嫌自己說話太奔放？」

梁鏡旬似有所悟地點點頭，瞥回視線，晃晃滑鼠點了幾下便按下存檔，我還沒看懂他的下一步，探頭只見他拔下隨身碟。

趕緊收回好奇，故作無視拿起床頭的時尚雜誌嘩啦啦翻閱。想輕輕咳兩聲都不行，我默默搔搔後頸。

挺拔高大的暗影竄過來，我下意識後傾身體，經常做仰臥起坐鍛鍊的腰力保持著平衡，愣一秒，用力拍了他的手臂。

沒好氣開口，「幹什麼呀，嚇人。」

「改天再去我家吧。」

真該慶幸我沒在喝水，不然絕對吐他一臉。我清清嗓，「梁鏡旬你應發什麼神經？」

「拐我女朋友，正當。」

「呿。」好了，我居然無從反駁。

只是這發展起來怎麼就是有些彆扭，鐵定是他平常太賤了。

梁鏡旬嗤笑，毫不客氣抬手揉揉我腦袋。「想什麼，真正思想不純正的是妳，我想說，我記得妳說過自己是貓派的吧？」

誰思想不純正了！

瞅瞅他黝黑深眸裡的曖昧與張揚，分明是自己眼神太撩了。

努努嘴巴輕哼，當作回應了。他也不氣惱，讓人意外。

「妳剛剛都忙著崩潰，沒注意到我家有養貓。」

「你有養貓？對喔，你說過。」立刻坐正姿勢，暈著惱火的眼眸瞬間蹭起興奮的光亮，挨到他身邊。

「之前是打算直接帶妳看的，結果今天、嗯，出了點狀況。」

「你不早說，我就——我還是不能為了玩貓，放棄作業，嘿嘿。」

他失笑，彈了下我的額頭。這人越來越愛動手動腳了，「所以說下次吧，一口氣趕完作業不累？」

嘟囔著，這都是為了誰呀。

一天見不上面他又想鬧脾氣，遭殃的不是我，是他的工作小夥伴呀。人生難，我連陌生人的性命都要關照。

之前幾次因為報告被催得急，一段時間內拒絕他太多次邀約，他都小心眼懷疑起我是不是找理由搪塞。

我想仰面躺平，猛地記起自己似乎還沒洗澡，悲劇了。可能是我的表情太悲切，已經起身拉好衣服皺褶他重新矮著身子蹲在我面前，與我平視。

「又怎麼了？想起來還有一份報告？」

「想起來還沒洗澡。」眼角餘光瞄見他挑了眉，我垂下沉重腦袋瓜，越發喪氣，語氣低了許多，「還沒洗澡就不能直接撲床，被窩近在咫尺卻不能窩，沒有更遺憾的了。」

「妳不是剛睡醒嗎？」

「誰剛睡醒！我是剛吃飽，吃飽了就想睡。」

難道是脫離青春校園久了，面對現在場景還有些回不過神。

踏出教授的研究室，拐過彎、下了一層樓梯，立刻被三四個女生圍上。幾個人手裡拽著海報，以及看來是新一期的雜誌，短暫的瞥眼，我對封面沒有印象。

冷淡的目光微動，朝左前方傾身要繞路。其中剪著齊耳短髮的女生橫出手擋住我的去路，其他女生慢了半步，替她助長氣勢似地靠上來。

我忍不住好笑，卻依舊不動聲色。

越是輕描淡寫，似乎越容易激怒她們。

「同學，我不認識妳們。」

「妳以為我們就認識妳嗎！講得像妳自己多知名！」

我眨眨眼睛，這女孩說話有點逗。

身側的眼鏡女孩約莫是發現同伴做了搞笑的反擊，連忙拉她一把，自己挺身上陣。

「看來護理系女神也不過如此嘛，嘴上說不參加年曆模特兒選拔，轉身就接了雜誌通告，早說妳是看不起學校公益活動就好。」

「是不是？裝什麼與世無爭！」

「妳這是什麼表情？不用震驚為什麼我們知道，所有書局商店都上市的雜誌，連車站外面都貼滿大看版，裝什麼熱愛低調。」

她抖了抖手中的雜誌。我定睛一看，抽了抽嘴角，堪堪憋住無懈可擊的笑容，失禮地在心中演練踹飛廣告商的情節。

這不就是我跟梁鏡旬那天拍攝的照片嗎。

暈了，我以為要排上時程什麼的，也許可以在我畢業之後才公開。

完全打我一個措手不及。

是不是該考慮以後不出現在學校了？

這裡是醫學院偏棟的樓梯，如果不是為了求捷徑出校門口，依照學校的幾樁怪談，我根本不會踏足。

盯著窗子外的天色，我揚起聲音。

「我沒什麼可以解釋的，既然互不認識，就這樣。」

更加堅定向前邁出一步。短髮女生用盡力氣一把攢我的手腕，扭了我。

像是一根神經被扯著，吃痛地揚手要甩開。只是負傷的手特別沒有力氣，我深深呼吸，必須眨回眼角示弱的淚光。

「這位同學。」

「葉若唯妳不要仗著自己長得好看，就到處放長線釣大魚。」

跟腦洞大開的人真的不能好好溝通。

「妳是不是因為我們英語系的筱曉被梁鏡旬攝影師選為重點主角，所以不甘心了，不知道哪找來機會攀上去拍了一支廣告。」

將被吹進我們之間的風揚起的劉海撫平，低了頭掩飾嘲諷的唇角弧度。

是不是漫畫看多了傷害腦袋，真的相信隨便走在路上都有人挖掘，或是哭喪著臉到娛樂公司毛遂自薦就會被同情嗎？

筱曉這名字聽起來倒是有點耳熟。

「筱曉同學是系上書卷獎的那位？」

她噎了噎，神情有一絲訕然，「我們筱曉是系花，也是大一那年跟妳競爭校花的。」

抬高分貝要增強自己的後勁。

「也就是第二名的校花。」

突如其來的男音溫暖朝氣，打散了劍拔弩張的氛圍。平靜含笑的眼光一詫，我掠過幾個人的困惑，向她們身後望去。

我的身影與我的懵懂，毫無誤差地長住進那個人深黑的眼瞳裡。

理智忽然斷裂一秒，困在他身上比晴天還要陽光的氣息。

裴宇信。

「什、什麼？你是誰啊！干你什麼事！」

「要路過就趕快路過，少多管閒事。」

在我薄弱的印象裡，裴宇信一直以來都是笑得和藹燦爛，彷彿沒有人可以打擊他無厘頭的樂觀、彷彿沒有人可以惹怒他。

只是他此刻眼底的嘲弄卻充滿冷意。

「就算是校花第二名被選上封面了，也不干妳的事，又不是妳的臉贏來的。」

他接續，雙手放入長褲口袋，緩緩走上樓梯，「還是說，她選上有很多人不滿，需要妳們出來幫她奔波擺平？」

偏過頭，我掩嘴低笑。

這少年心機用盡呀，損人之餘還要坑人一把，挑撥離間。

眼鏡女生率先狠狠跺腳，隨便揪著旁邊人的衣袖就跑。其他人面面相覷，很有氣勢瞪我一眼，頭也不回跑開了。

裴宇信感嘆，「怎麼這樣就走了，讓人好沒成就感。」能夠轉瞬將帥氣消耗殆盡的，除了他，應該是沒有別人了。

「你怎麼會來醫學院這裡？」

「啊。」

「通識課？不對，又來借實驗室鑰匙？」

不知道他的目的地，我順勢下樓，裴宇信居然同樣跟著我走。

他搔了搔頭，笑容有些靦腆有些傻氣，「我幫學姊送發下來的學士服。」他將一個紙袋遞到我眼前。

愣愣接下，低頭確認，真的是學士服。

「我的學士服怎麼會在你那裡？」我記得他好像是資管系還是企管系的。

退一萬步來說他不是醫學院的，管理學院的人替我送學士服來，很匪夷所思。

他總是害怕我誤解，著急要解釋的模樣挺像我出國留學的小表弟。我壓住想摸他頭的衝動，悄悄彎了唇。

「我陪朋友去交輔系申請表，經過護理系系辦聽見他們在說學士服，我想說說不定可以見到妳，就自告奮勇幫忙發送了。」

「他們讓你一個外系的幫忙？」

「因為他們也很煩惱，好像是說班會時間到場的不到十個。」

無辜眨眨眼睛，我似乎就是那缺席的其中一名。

晃晃手裡的紙袋，我輕聲道：「謝啦，讓你多跑一趟。」

抑制住心裡不合常理的心跳，不是為了隱晦的告白怦然，他想見到我的這份心意，揣在手裡讓人感到沉重。

讓人不安。

「學姊想道謝的話，跟我一起吃晚餐吧。」

「咦？」

像是鼓足了勇氣，他是深切明白我拒絕的機率有多麼高。

越挫越勇，不怕是熱臉貼冷屁股。

心口老是有著歉疚，不若以往的事不關己。看著他清澈的眼睛，怎麼形容，有點像小狗，忠犬的那種。

我終於鬆口。「好吧。」

「真的嗎？在學校附近吃就可以，不會耽誤太多時間，還是學姊有想吃的店？我對吃的不挑，學姊決定吧。」

「就轉角那間牛肉麵，老闆給的蔥多。」

「好喲！」他嘻嘻笑著，不由分說搶過我手裡的學士服。「這個重，我幫學姊拿吧。」

瞇起眼睛笑了，充滿無奈，但是，他掐在剛好不尷尬的距離。

等紅綠燈的時候，我拿出手機低頭給梁靜旬發訊息。嗯，該怎麼說呢。

就是給他報備一下吧。

今天不過去跟你吃飯了。在學校遇到學弟，順路要一起去吃了。

這樣應該可以……吧？

一進攝影棚，感到低氣壓瀰漫。

正眨著迷茫的眼睛，在忙碌的人群裡探頭尋找高䠷的身影，立刻被在一邊捧著咖啡提神的燈光師揪住。

被拽得莫名其妙，我哎哎兩聲，與他走到角落。

「唯唯大姊妳可終於來了——」語氣雖然是浮誇的，不過，音量卻是壓低許多許多，偷偷望身後覷一眼。

有些受寵若驚，他們都是大大大前輩啊。

我好聲好氣笑著抽回手，一面環視周遭大多數工作夥伴的表情，不外乎都擰著眉，戰戰兢兢。唯獨沒看見梁鏡旬。

「幹麼稱我大姊，我只是小人物。」

「只有妳擋得住那尊大爺的脾氣啊，我們還以為妳今天不來了，都想集體抱在一起哭一場了。」

這麼嚴重啊，梁鏡旬又怎麼有病了。

確認手機的回覆，看見一則未讀訊息，手指僵了僵，千萬不要是梁鏡旬傳的。我瑟縮了肩膀，果真是他。

放著男朋友捱餓，跟別的男生逍遙。

原來濃重的醋味是他啊。

「梁鏡旬晚飯吃了嗎？」

「嗯？有啊，他平常都不吃的，休息時間難得拿了一個便當去吃了。」

呼，吃了就好、吃了就好。血糖低的人類會特別不講理、特別動怒，雖然我經常懷疑他是不是總是沒有吃飽。

旁邊走來一位服裝師，一手搭上燈光師的肩膀。

笑嘻嘻的樣子，卻是說出驚天動地的消息，「吃是吃了，就是那個誰多調侃了一句，說什麼『沒有跟小女朋友出去吃飯嗎』。」

「喔喔喔對喔，這件事好像是導火線，我們大爺的臉，瞬間以光速直接黑掉。」

無語片刻，我眼神死。

儘管根本原因是我，可是，誰讓他們哪壺不開提哪壺！他們自掘墳墓，我根本不想拯救。那尊大神是尋常百姓的我們可以開玩笑的嗎！

最嚴重的是，此時此刻的我，百分之百要被推進去哄他，借刀殺人都沒有這麼狠。

「哎，等等……我……」

「等不了啊，唯唯大姊、唯唯女神，我們可不可以午夜前收工全靠妳了。」

「對的，妳身負重任，可是我們都看好妳，加油。」

我覺得那聲加油比他拍在我背上的力道還沒用。

打算輕手輕腳打開門，誰知道這扇老舊的門陰我一把，咿呀咿呀的完全宣示著我的出場。

說好的躡手躡腳都是夢。

另一側的窗戶是開著的，夜間的風呼啦啦灌進來，坐在倚靠著牆的木質長椅上的男生，眼瞼微斂，似乎假寐著。環著手臂，好看的眉眼卻是糾結著。

難道是吃多了胃脹？壓力大了胃痛？還是真的已經怒火中燒到這種程度了？

緩緩朝他走近，一面認真思索著，腳步聲他肯定是聽見的。沒有開口冷聲遏止便是好的開始。

是成功的一半。

「你……」突然靈光一閃。我敲敲自己腦袋，回想起拍攝那天他放在桌上的頭痛藥，咬了唇，忍不住擔心。

在他面前矮下身子，微涼的手心觸上他的額頭，沒發燒。飛快跪到椅子上，勾長了手闔上窗戶。

真想一巴掌拍拍他的腦門，容易頭痛的人吹什麼晚風。

「梁鏡旬你頭痛藥放哪裡了？」

這男人眼皮微顫，輕輕發出一個抗議似的輕哼。動作倒是紋絲不動，脾氣大得很。

我好氣又好笑，寧願憋著疼痛都不願意吃藥，當自己還是小學生。

「是不是飲水機旁邊那個？」

梁鏡旬不愛攜帶背包。這裡是他們經常使用的棚，頭痛成慣性的他肯定會將藥放在這裡。

戳了他被深黑髮絲覆蓋的腦袋，慢悠悠補一句，「行，你不說我就走了，你慢慢休息，身體不適的人不合適被打擾。」

話落，男生不甘願地掀了眼皮，籠罩著睡意的眸光裡，承載著更多的哀怨與控訴，摸摸鼻子，好像有點怨婦形象。

「葉若唯妳太沒良心了。」

「我哪裡沒良心了，大晚上的還來探班的女朋友只有我了，超級貼心。」

「貼心的女友晚餐跟誰吃了？」

拿起扶手旁邊放著的玻璃杯去接水，順道把藥拿了，走回他近前放入他手裡，還有溫熱剛好的開水。

盯著他好好坐起身，滿臉不耐煩。

「先把藥吃了。」

他嘟囔，「妳還對我頤指氣使。」

「憑你是病人，手無縛雞之力呢。」

「不就是個小頭痛。」他的喉結稍稍滾動一下，分明只是吃藥，仍然帥得亂七八糟。

「才幾歲年紀就偏頭痛，梁鏡旬你……」

「葉若唯婆婆、葉若唯護士小姐，別碎唸了，吵。」

我咬咬牙，依言閉上嘴。不管他他又要鬧彆扭，見不得他生病難受，他嫌棄我多管閒事，沒人比他難伺候。

「身體不舒服就直說，幹麼遷怒外面的人，一群人都跟著你緊張兮兮。」

蹬著腳，瞄了一眼我的後跟，今日路走得多了，難怪腳開始痠疼。與此同時，他最愛出奇不意，扯了我的手臂。

意識過來，我落在他懷抱裡，毛呢短裙與他的棉質的長褲磨擦出輕響，手抵在他的胸膛，發現這姿勢曖昧到讓人心慌。

「梁鏡旬你、你幹什麼？」

「好意思教訓我？妳是不是腳不舒服？」

「我……」我才剛不舒服，他眼睛要不要這麼銳利了。

他心思的細膩都用在別出心裁的地方。

見我不甚服氣，他瞇了瞇眼睛，顯然視線裡充滿威脅，「不舒服還想瞞著我？妳是不是不只欠罵還討打了？」

「就是今天站久了，這雙鞋是新的，有點磨腳。」滿不在乎揚著微笑，回去上點藥膏，貼OK繃就行了。

他繃著臉，眼光深沉銳利，像要將我看穿的感覺。

靜止了動作，任由我的手臂搭著他的肩膀，他長長吁出一口氣，彷彿是忍無可忍後的無可奈何。

正襟危坐在他左側腿上，梁鏡旬紆尊降貴地抬高我的腳，瞧見我紅腫破皮的腳跟，臉色更不好了。

我吶吶開口，「其實沒有很痛……」

過了國小就沒有過這麼膽小的語氣。像是跌進雨後的水坑弄髒了校服，或貪玩爬著單槓在中途一屁股摔了下來。

一切的一切，事後我總是縮著腦袋，低低緩緩說一句，「爸爸我沒事回來了。」現在想來，沒事兩字簡直是此地無銀三百兩。

但是，梁鏡旬顯然招數高端多了。

冰涼的手指輕輕沿著脫皮的傷口周圍壓一下，疼得我倒抽一口氣，馬上用通紅的眼睛瞪著他。

「知道痛就好好珍惜自己。」

我沒有忽略他眼中一閃即逝的歉疚。轉轉眼珠子，我尤其想拍拍他頹喪的肩安慰他，我不過是戴了一天隱形眼鏡，乾了眼睛紅了。

「妳就這雙腿珍貴了。」

我扁扁嘴，「值錢的是我的腦子好嗎。」

「也是，現在醫學界應該挺需要研究腦殘的。」

「梁、鏡、旬。」

他嗤笑，卻是沒有接續話題。

起身走到後方，打開飲水機下的櫃子，我被放在墊著軟墊的長椅上，悠哉晃著半褪著襪子的腳，欣賞他抱起醫藥箱走近的姿態。

嘻皮笑臉著，「喏。」毫不羞恥舉著帶傷的腳給他。
「醫者不能自醫這句話說對了。」
「哪裡聽來的道理？」
「博學多聞需要告訴妳？」
看他不打算解釋，我移開注意也不糾纏。
老實說，挺討厭輕蔑的口吻，誰要我驕傲，可是，眼前這的人的嗓音是特別招人自虐的。大概是挨罵了還能摸摸自己額頭傻笑的自虐程度。
雖然有時候確實想拿個什麼把他嘴給堵住了。

隨手把用過的棉花棒扔進桌邊的垃圾桶，梁鏡旬闔上箱子，俐落推到遠處。
盯著他舉動行雲流水，沒有摸清他的下一步。末了，他頎長的身形站得筆直，好整以暇環抱手臂，這高度與角度，絕對是審視我。
好似下一刻會脫口「凶手就是妳」的這種。
「幹什麼？」

如他所願，因為他像在等我說話，偏我用了非常爛的開場白。

「我不想要妳再跟男生單獨出去，尤其是那個學弟。」

「就是吃個飯。再說，我跟你報備了。」

「這次是吃飯，不會有下次或下下次？而且，葉若唯，妳應該是要徵詢我意見，不是只是報備，是吧？」

盯著在他眼底洶湧的隱隱怒意，我知道他沒有在玩笑。他是在責備我先斬後奏，但是，深深的、深深的，我是感到荒謬。

我跟誰出去還需要徵求他的同意？

揉揉腦袋，我努力冷靜忽然充血的腦袋，不能意氣用事，不能重蹈覆轍。

這樣的情境是不是有點熟悉，熟悉到讓人頭疼。

「我就是跟他到學校對面的麵店吃晚餐。」

「就在學校對面？妳是真的不知道自己有多受注目，還是假裝不知道？妳要你們學校知道妳的人怎麼想？那是葉若唯的男朋友？」

受不了他的咄咄逼人，我咬緊下唇，倔強地依然抬高下巴，佯裝不甘示弱。垂在一邊悄悄捏緊的手傳來刺痛，扭傷的手筋抽疼著。

我直視他深邃的眼眸，他唇嘴輕蔑的冷笑刺激我，我就是激不得。

他有什麼資格理直氣壯跟我質問一個總是對我伸出援手的學弟！

假裝不知道自己多受注目？

我做不到自在生活在他人的眼光下，除了視而不見，我無能為力。

假裝這兩個字絕對是錯怪我了！

我壓抑著委屈，「我都不知道我跟你拍的廣告，是在跟我們學校外語系系花爭寵了？」

「你說什麼？」他沒聽懂。

看著他的不能理解，反而騰升起更加無力的失望。

「你只看見自己的難受，梁鏡句，你有沒有替我考慮過？」

答應學弟的邀約不是為了跟他賭氣，可是，我好像忽然揭開了他的不成熟、不理智，他深刻的佔有慾。

「上市的雜誌、公車外的宣傳照，還有很多車站裡的看板，人盡皆知，我能輕鬆當作自己不起眼？」

他深色的眸子泛起一層訝然。

「你是知名的大攝影師，你是F大重點校友、你是C大公益年曆攝影負責人，你得過無數次各大攝影獎，你辦過無數場展覽，梁鏡旬，我在你面前就是微不足道。」

眼角終究落下一顆不爭氣的淚水。

我從來沒有想過自己會必須站在如此耀眼的人身邊，因此，我從來沒有自卑過、沒有洩氣過，沒有接受過配不上誰的質疑。

說不受傷是假的。

「葉若唯。」

「你就是那樣的存在，身邊一點風吹草動都引人注目。」

淚水潰堤得有些突然，我自己都嚇到，趕緊抬手用衣袖抹去。

淚眼朦朧中，梁鏡旬眉頭緊擰，擁抱起我的所有脆弱，笨拙又帶著小心翼翼地捧起我的臉頰、拂去我的傷心。

「別哭了，發生什麼事？」

「只是為了道謝而答應跟學弟吃飯，你憑什麼對我發飆？我又不是背著你出門……」

約莫是覺得事已至此，能丟的臉都丟光了。我索性將心裡話都攤開。

其實不是什麼驚天動地的大事，說出口都難為情。

要是誰之前跟我說，將來我會因為這樣芝麻綠豆的事情與男朋友爭吵，我鐵定偷偷送對方一根中指，滾去洗臉清醒，別作夢。

他吻了吻我眼窩的淚，沉聲道：「第一，我沒有覺得妳不好，我覺得妳太好。然後，我沒有跟別人不一樣。」

「咦？」止住嗚咽，煩悶的情緒與浮躁的不安都被他清風拂面似的聲息撫平，我揉揉鼻子，發出一個疑問詞。

「身為人類，我需要吃飯喝水，需要睡覺。身為一個男人，既然我喜歡妳，就需要妳的陪伴，妳的目光，會想親近妳，想要妳的擁抱。」

這是怎麼跳躍的？

大腦瞬間一片空白。這種話可以說得這麼溜，完全與他悶騷毒舌的形象天壤之別，反差萌比什麼都讓人受不了。

下意識摀住鼻子，深怕兩行鼻血衝天。

「第二，身為男朋友，不喜歡妳跟別的男生親近，妳是我的，別人碰一下我都會覺得是搶。」

這句話乍聽挺暖的。我下意識摸摸耳根，向來對他刻意溫軟的聲息難以抗拒。我皺著鼻子。

「你哪裡學來這種話的，好噁心。」

「葉若唯，妳從小到大一定沒學過浪漫兩個字怎麼寫。」

他挑了單邊眉毛，唇角笑意更深，他竟猜得到我的想法，簡直是我肚裡的蛔蟲。

我裹緊外套，將腦袋縮在連帽裡，蹭了蹭自己通紅的臉頰，從外界鼓進的冷風都吹不散熱氣。留下一雙眼睛眨了眨，盯著他冷峻的臉龐，讓微笑柔和所有剛硬線條，帶著春風和暖的氣息。

溫柔得不合常理。

「是不是在妳眼裡，報備了能讓妳心安就可以？」

我訝然，這樣溫柔的追問是預期之外。

經歷上一段夭折的愛情，這是一直掛在心上的癥結，永遠永遠會是個大問題。所有的彼此讓步，無非是睜一隻眼閉一隻眼。

「葉若唯，我就直說了，我不喜歡這樣。」

他執意靠近一步，厚實的雙手覆上我的，在這樣的近距離之下，他的溫度以驚心動魄的速度與氣勢傳過來，即便是三十七度常溫，我卻有灼燙的錯覺。

被他捧起臉頰，我仰著四十五度角，暈著閃閃淚光的眼睛瞅著他。梁鏡旬平穩的呼吸突然陷落一秒，下一刻，他清俊的臉就降了下來。

在我眼前硬生生無數放大。

直到唇上壓上柔軟的觸感，霸道的、狠勁的。感覺身體都不是自己的，開始懷疑靈魂是不是出竅了。

他、他知道自己在做什麼嗎？這裡是隨時都可能有人進來的休息室！

這個動作像是突破我們之間一直謹守的界線，有些什麼似乎被迫，甚至是急切需要釐清了。

我被吻得嘴唇都疼了，但是，比起痛覺，還有更多更多的一些神奇感覺，麻酥酥的。

我這麼混亂，眼前這個罪魁禍首居然在自顧自地說話。而且，他繞過了我接不上的話題，腦袋思考被攪得一團亂，頓時也忘記要跟計較或商討什麼。

「真要說有什麼不同，大概是比平常人帥了點。」

他表現得非常若無其事，親吻像是柴米油鹽般平凡的事。我眨眨眼，注意到他泛紅的耳根，向來清亮無比的深色眼眸也染上幾分深情，目光再往下些，看見被我拽出皺褶的白色襯衫。

我扁扁嘴，思緒有些飄遠，待會肯定又要討罵了。

他清了清嗓子，聲息和暖，「幹麼？假裝沒聽見？」細查才會發現他的語調不穩，我抿著唇悶笑。

他也一樣不好意思呀。

忽然覺得自己剛剛的憋氣和腿軟的沒什麼了，這種突發事情，任誰都會出現這麼沒出息的反應吧，面子呀，以後再討回來就行。

沒逃脫他的束縛，我的嘴巴一張一闔有點困難，他顯然不將我的瞪視當一回事，我大肚，遷就他。

不過是發音奇怪了點，他有本事不要嫌聽不懂。

「誰說……內個，孫沐彥……就很好看……」

他冷哼。我笑眯了眼，輕輕軟軟的聲音揶揄著，「怎麼樣？不服氣了？要勇敢接受事實。」

「接受什麼事實？是他好看的事實，還是他比我好看？」

「嗯，你說什麼就是什麼啊。」

只是我困惑了，事態怎麼就這樣發展了？

良久，他在忽然沉靜下來的氣氛裡重新開口。

悶在他懷抱裡，他的聲音敲在耳膜上，「對不起，沒有保護到在校園裡的妳。」

「你總算有覺得是自己錯的一次了。」

「妳總算有女朋友自覺了。」

「我什麼時候沒有了？」

梁鏡旬咬了我側頸，小小虎牙似乎扎了一下，我趕緊摀住被咬了一口的部位，閃閃淚光的眼狠狠瞪他，太欺負人了。

「有麻煩不找男朋友處理，讓男朋友置身事外，結果輪到情敵給安慰。」

明明好像將問題說開了，內心依舊有說不出的鬱悶，到底哪裡錯了。

最後，死命推著梁鏡旬回到攝影棚，他面上冰冷高傲，實際上多吃這套呀。半推半就地前進著，我哀嘆自己最近是小跟班的命。

助理們盼到我們進來都鬆一口氣，辛苦他們要配合這大爺的脾氣，我注意著他們的神色，沒有人意外，各自著手開始後續動作。

化妝師與服裝師匆忙趕到模特兒身邊，一時間現場的腳步聲凌亂，隔著距離，我下意識看向聚光燈下的林菓，昏暗的臉色與外在場面呈鮮明對比。

用著極為陌生的輕蔑眼神，要穿透我似的凌厲。

疲憊的一天，還恰好遇上是這位大小姐拍攝的時候。

我抿了唇，給自己打氣，背脊挺直，冷靜揚起唇角。她驀地眯起眼睛，精緻纖細的手指拽緊裙角。我別開眼，深怕她下一秒衝過來打我。

失去理智的女人很可怕。

我要是再多探幾次梁鏡旬的班，估計可以對世界上尖銳的眼神都無感了。

我想，熱戀期就是如此。

我遷就他的脾氣，縱容自己的想念，日子過得像是一天沒見面都不行。

排除一些同事朋友的邀約，遇上我全天實習，或梁鏡旬工作案子密集的時候，依然會在他堅持與無賴之下，深夜他開著車到我公寓樓下見面。三十分鐘一個小時也好，偶爾他心情不美麗，待上兩三小時也是有可能。

回到小房間早已經夜半，壓了壓肩膀，我會開啟電腦繼續未完的報告，或是告一段落，小睡片刻再暈乎乎地起床完成。從前作息正常，前些時候還有體力這樣消耗，久而久之，經常在會話課打盹，或實習時狀態不濟。

「唯唯妳最近忙什麼呢？除了會話課還做了什麼大事嗎？累成這樣？」一位同事問我。

「她那是甜蜜的負荷，談戀愛談瘋了。」

抓著鏡子瞧，躲在鏡子後面扭了扭臉，還好沒冒出青春痘。黑眼圈深得像是被扁了兩拳，再吃肥點，估計可以得到國寶的身分．

「啪」地放下化妝鏡與梳子，重新紮好魚骨辮，疲倦地趴在天天都用消毒水擦拭過的桌子，眼神迷茫。

我也不知道怎麼把自己搞那麼累，一點也不像我。

誰敢耽誤我時間，依照從前個性，沒一掌拍死對方，鐵定是我那陣子有重大考試，必須心存善念，不能濫用暴力。

也許喜歡一個人就是這樣。願意妥協與願意改變。

同時，在這樣忙碌的間隙，從前落下的捫心自問會悄悄浮上來。

我喜歡梁鏡旬什麼？

「上星期才吵了一次架。」

導火線已經忘了。那天，他冷硬的側臉充滿不可置信，彷彿我的煩惱是荒謬的玩笑。

他不能苟同我談戀愛要按部就班，他是不受拘束的性子。總是認為我放大檢視時間管理的問題。

我只記得自己當時是這麼說的，「如果要以見面時間來計算相愛的深淺，那要多累？連愛情都要加加減減、要錙銖必較，這是數學題還是一場戰爭嗎？」

用力掐了掌心，將沉重的思緒拉回現實。

收拾著飲盡咖啡的紙杯，一面迅速歸位檔案。我拎起背包，踱步去打了下班卡。

同事們兀自愣神，「要走了？」

「他昨天出國了，我去幫忙照顧貓。」

梁鏡旬家裡的貓是全身黑，手掌是白毛色的小貓。

他是非常不稱職的親爹，連個名字都沒有取，老是喵來喵去的喊。

嘴巴裡鼓著還沒嚼碎的蘋果，替他歸位散落一地的雜誌，瞥了縮在貓抓板上神情無辜的罪魁禍首。

「小咪嚕，你家親爹不在家你就這樣放肆。」

兩手抓起小貓放到左肩上，不安分的爪子不斷在背後撓著，一味想掙脫。

勉強不來，放他去角落蹲。任勞任怨去替他換乾淨的水，舀了兩平匙的飼料，當我拿起飼料罐，前些時候還對我很嫌棄的小貓立刻樂呼呼跑來蹭我的手。

真是一隻現實的貓。

「今天最後分享一句話。在一生的輾轉裡，有些人的出現是要調整你，而不是留下你。

「缺點是，當自己認知是缺點才會去確實改變，願你們以及我，未來的成長都是隨心所欲，不是盲目遵循別人的三言兩語。這裡是聲聲不止息，謝謝大家。」

沒有第一時間察覺耳邊的嗓音停歇了，但在腦海一遍遍回放的話，卻彷彿是投擲在湖面的石子，激起一圈一圈擴大的漣漪。

午間的光線透過玻璃斜斜照進來，我趴在長沙發上翻閱新一期的攝影期刊，偶爾瞧瞧小咪嚕的動靜。

不知不覺已經停下進食水果的手。

臉就著書頁壓下，浸在陽光裡的倦意特別深濃，意識很快模糊起來。但是，感覺越睡越熱，稍微挪動腳，像是踢到毛茸茸的物體。

我揉揉眼睛，帶著惺忪睡意，還在適應突如其來的光，瞇出一線視野，小咪嚕蜷著身體在沙發一端角落。

暖暖笑了，費盡將小咪嚕舉到我身邊，一個人一隻貓縮手縮腳安穩睡了。

隔天，梁鏡旬搭了早班飛機回到有我的這片土地上。

我要是躺在家裡醉生夢死的公主，就踩著高跟鞋去迎接他。偏偏我是勤奮刻苦的護理系學生，從七點就關進補習班試聽。

被專業知識炸得暈頭轉向，期間只匆匆回訊息告知，立刻關上開啟的數據連線，將暗下螢幕的手機扔進包裡。

啃著同學遞過來的香蕉，我口齒不清，「謝啦。」

「C大女神注意形象。」吃根香蕉也要對我耳提面命。

「去哪裡打聽來的？」

她轉著筆，飛快抽走我的試卷，笑咪咪地說：「網上看到的，輕輕鬆鬆。」

前座的同學更是直接拎走我的筆記去拍照。歸還時，輕輕在筆袋裡放入一顆巧克力，給我一個嘉獎的手勢。

「妳們太敷衍了。」

「別追究，女神，妳會怕。」她倒是主動伸手替我接下香蕉皮，逃開的步伐卻是明顯，「車站一出來的看版是妳，我們沒瞎。」

又被擺一道。

原本是沒有排實習時間的，只是接下一位學姊的工作。可是結束了全天的學習壓榨，實在來不及趕上公車。

猶豫片刻，給老爸撥了一通電話，請求神救援。

「多久沒有聽妳拜託爸爸了。」

我搔搔臉，討好地竄到駕駛座旁邊，「不想老爸太辛苦嘛。」

「幾個星期都沒回家了，差點要以為妳是在東部念書了，回家需要翻山越嶺。」老爸難得不領情，穩當打了彎，語氣哼哼。

完了，滿懷怨念的前世情人不好安撫。

「我是為了似錦的前程在努力。」

「是嗎？還是是偷偷早戀了？」

只能慶幸沒有在喝水，要是噴了老爸一車子水，他肯定不顧前世今生的愛，直接把我轟下車！

潔癖的人都特別需要小心翼翼對待。

握在手裡的手機馬上揣進口袋，不能現在回覆訊息了。

「你是不是最近陸劇看多了？開始學他們說早戀，而且，不是我又要說，我都大學四年級了，是老女人好嗎？」

「誰敢說我家女兒老？是在質疑我的基因嗎！」

「老爸你的重點很獨樹一幟啊。」

逐漸退出車流，在醫院前後的停車場停下來，我瞥一眼手錶的時間顯示，放心地拍拍胸口。從後座位置一把攬住老爸的頸項，蹭蹭他。

老爸放開方向盤，就著彆腳的姿勢，右手摸摸我的腦袋瓜。

看來撲上前給個擁抱還是一如既往地管用，從小到大都是，總是讓老爸忘了責備與追究。

「天氣冷，趕快進去，記得把我帶給妳的飯盒帶走。」

「老爸你趕我走……」

包覆在柔軟心臟外頭的堅強，彷彿在父親身邊容易崩塌。這個成熟的、睿智的，將我寵上天的男人。

與我留著最相近血液的男人，一直是我生活裡的支柱。

偶爾躲進他的懷裡，所有風雨都擋在他背後。

他好氣又好笑，「好啊，別去實習了，馬上載妳回家。」

瞧瞧，沒有一次讓我失望過。

不自覺摸著後腦杓，感嘆我能如此正直健康成長，那顆負責任的心一定是不小心突變來的。

「跟你開玩笑啦，我走了，這週末會回去的。」

「不要放老爸鴿子，玻璃心傷不起。」

「知道啦，好久沒吃到巷口那家鴨肉了。」點到為止，給老爸一個眼神自行領會。

他擺擺手，上揚的唇角有他一貫的寵溺。眼尾有歲月的痕跡，手掌同樣也是，粗糙的觸感卻有最溫軟的感受。

「如果下班晚了，打電話給爸爸，別麻煩金醫生。」

「知道啦。」男朋友都回來了，哪敢，順路都不行。

關上車門，攏緊外套，側著身用力朝老爸揮手。目送他重新啟動汽車，沉穩又堅定地駛離。

這是我與老爸約定好的默契。

國中時候讀到龍應台的〈目送〉，一把鼻涕一把淚拉著老爸的手指打勾，也許很多人倔強或傷感，拒絕盯著漸去漸遠的背影，直到在不可見的遠方縮成一黑點。

我更捨不得這世上與我血脈相連的男人，我的勇氣是他無數回鼓勵堆疊出的，不是告訴他「不要追」。

「一日不見如隔三秋」、「我知道你是為了我」、「我是你女人」……

這些能在愛情漫畫或是言情小說的句子，落在我耳邊，除了所有雞皮疙瘩都冒出來之外，沒有所謂澎湃的感動。

睨了隔壁座的護理生，一面整理手中最後的資料。實在很受不了。

不是反感她嬌氣的嗲音，是無奈那沒有意義的對話。

她捲著背帶玩，笑得眼睛都起了霧氣。不知道電話那頭又回應什麼，她咯吱咯吱笑得可歡樂了。

「什麼？想我想到失眠……」

暈了，那是春夢嗎。

「你最色了，不然我等下回我宿舍了……好，那你來接我。

「現在就可以來了，最後一診結束了。你慢慢來，好好好，五分鐘後就可以抱抱你了。」

五分鐘的路程。

妳不如此時此刻出發，要替發達石油業感謝你們的貢獻了。

平時聽學姊抱怨，氣搭班的夥伴如何放閃，簡直不是能一笑帶過的。不想搭理她被甜言蜜語蛀掉的腦細胞，拿了包離開。

到醫院門口才穿上長版大衣。自動門的敞開讓風瞬間撲進來，忘了摘下髮圈，亂糟糟的頭髮在束縛下還是被吹得有些狂野。

掏出手機要查詢公車，煩躁撇去訊息通知。

後方的門又一次開啟，室內空調控管的暖氣拂上身，我下意識回首。

「喔，是金醫師啊。」

「實習剛結束？」放在口袋裡的手伸出來推了眼鏡，梳理得一絲不苟的頭被手術帽壓得塌塌的。有點疲倦狼狽，在我眼裡卻是敬業的。

指背蹭蹭鼻尖，我尷尬笑笑，收起打量的目光。

視線落點侷促著，「啊，對……今天幫學姊代班。」

「我送妳吧，妳是C大的吧，住在附近？」

「對，住在學校附近。金、金醫師要載我？」這樣不好吧。

平時都有學長一起，現在要單獨相處，令人緊張呀。

並肩走著，他已經將鑰匙圈套在指頭甩著。我也挺後知後覺的，與他走到停車場，才反應過來。

他的醫師袍掛在單邊手臂，衣襬有許多皺褶，耳後有經常戴著口罩留下的痕跡，身上有消毒水的味道。

這個年輕醫師在我實習的醫院裡，是眾多小女生著迷的對象。脫特別照顧我的學長的福，我經常與他搭手術，專業上學到很多。難得在工作之外近距離欣賞。他的聲音是清爽乾淨的，語調的每個轉折都十分有力。

不得不說，嗯，還是最喜歡梁鏡旬的嗓音。

撇開Love大神的話。

空間中很安靜，金醫師空出一隻手去調整音樂。「要聽廣播嗎？」

「喔，都可以。」

「想聽什麼？音樂頻道？還是談話節目？」

我注意到時間，是聲聲不止息的重播時段，還剩下十五分鐘可以花痴。

但是，尷尬呀，我總不能在醫師面前原形畢露。好糾結。

他挑了眉，戳破我的欲言又止，「想聽什麼就自己調，小女生啊，我不笑妳。」語畢，他撤回手。

矯情了兩秒，我咬咬牙，手癢去轉了頻道。今天的試聽課害我錯過了廣播，要補回來才可以。

「我以為妳會聽熱播韓劇的原聲帶排行。」

直到廣播響起結束的音樂，金醫師慢悠悠開口。

我眨眨眼睛。他彎了唇，「我女朋友都聽那些。」

「金醫師的女朋友？」

他失笑，嘴角的弧度沒有落下，「我看起來像沒有女朋友？」

「呃，也不是這麼說……」醫院那幫迷妹都該失戀了。忽地，我醒悟，話問得磕磕絆絆，「金醫師女朋友知道你送實習學生回家，不會……」

不會有什麼血案吧。

「想什麼？待會要去超市買東西，就是順路，我跟她說過了。」

「喔，原來。」漫不經心點頭，我正傳訊息給梁鏡旬。非常人間慘劇的是我忘記跟他說我下班了。

接踵而至的問題讓我沒心力回覆他隻字片語，如今讀起他刷滿一個畫面的訊息量，不斷湧起後怕。

沒聽妳提過要去試聽補習班。

我跟妳說過我是今天早上的班機，我以爲妳很珍惜任何我可以相處的時間。我拚命要拉長可以相處時間，妳卻好像不在意。

就算不來接機，訊息也該回。

晚餐不一起吃？

實習？

實習結束告訴我，我接妳。

手指停頓，呆滯的目光落在最後一則訊息，是一小時之前。

完蛋了。失力到快要握不住手機，怔傻住半晌，最後，全化成一聲綿長的嘆息，顫抖地傳出一句「我快到家了」，頹然蓋上手機。

「怎麼了？」

近在咫尺的問候浮浮晃晃，像是錯覺。我不禁被牽著鼻子走，「嗯？」

「發生什麼事？」他指著我欲哭無淚的神情。「天崩地裂了一樣。」

「沒、沒事，我們剛剛說到哪了？」

「我說，我跟她報備不光是怕她介意，更多是不想要她擔心，畢竟我沒有在該到家的時候到家。」

凝望著金醫師的側臉。思緒紊亂的腦子，浮起許多我與梁鏡句的相處，我們之間的難題。

他的下巴有初生的小鬍渣，他的鼻梁挺直，他有一雙薄唇，會抿起來笑得很克制，會漾起極淺極淺的梨渦。

我喜歡在觀察中逐漸釐清自己的思考，釐清我與梁鏡句是不是相互勉強了。

解開安全帶，眼神閃過一絲掙扎，我依舊讓問句搶在簡單的道謝之前，仰著臉真誠盯著他沒有被人工燈光掩去風采的雙眼。

「醫生是那麼忙的職業，金醫師你的女朋友不會覺得寂寞，或是你們不會常常吵架嗎？」

金醫師扣下雨刷清理擋風玻璃的手一滯。

我緊張了，「對不起當我沒問，謝謝醫師送我回來，對不起我太唐突……」

「感情的事都是這樣。」輕描淡寫的口吻像是裊裊旋起的煙，氣息在語尾越發淡了。我摸不清他難辨喜怒的表現。

「誰都是為了人生不停努力，誰也都會在途中遇上那個與你最嵌合的另一半，而且，總會保留一些空隙給予彼此自由。但是，卡得再好的齒輪也一樣，無非是你進我退、你氣我哄。」

踢著石子，不合腳的鞋子，在時光裡磨著磨著也就合適了。

不過，人的心是肉做的，經不起不斷地碰撞與摩擦消耗著，直到所有感動與美好都被日子裡的疲乏都淹沒。

透過公寓的大片玻璃反射，望著金醫師揚長而去的車子。腳尖轉了方向，漫步到兩個街區之外的小公園，沿著公園外圈毫無目的繞著。

我拉出壓在大衣下的連帽，深夜的風颳得我腦袋疼。然後，思路無邊無際地蔓延開來，在忙碌中一次次被用力埋進深處的想法。

過去沒有閒暇與勇氣正視，梁鏡旬太黏我了。

他的無所不在給我滿滿的安全感，同時，堆砌沉甸甸的壓抑。

喜歡的也許是知道「回頭一定能看見你」的那份篤定。

曾幾何時，經歷時間的洗刷，經歷生活中無限的疲乏與繁忙，那份怦然心動與那份依賴感動，褪去了顏色。

小小的爭執接續不斷，像是奏起的交響曲，綿密悠長，奏著或輕盈或磅礴的音符。不過，相處總交錯著和好與下一輪吵鬧。

抓著我與高中男生朋友單獨看電影的事情鬧彆扭。三個月一次的電影之約是我與他的默契，不逛街、不吃飯，不會提早見面。

梁鏡旬只丟出一句「為什麼我都覺得不喜歡了還不行」。堅持要我答應不再與他單獨看電影。

他咄咄逼人我不高興，為了他失去一個朋友我不甘心。我不是不能在接下來的日子試著婉拒，只是，他用著強勢的態度要我承諾再也不會。

這件事在膠著中不了了之。可是之後卻彷彿將我與手機牢牢綑綁，我不能回慢了訊息。

老想跟上我與朋友的聚餐，人數多了自然沒有關係，如果只有我與實習同伴兩人，誰都要尷尬的，明明互相不認識。

他任性扔一句「我是想跟妳一起，又不是跟別人」。

一切的一切，不光是錯放重點，以及多到不可愛的幼稚。

不顧我的課業與實習工作兩頭燒，用想念當作後盾綁架我的心軟，似乎我不出門與他見面便是不夠在乎。

視線裡驀地跑進一雙熟悉的鞋款，我微愣，遲疑抬起頭。

梁鏡旬。

在他眼裡湧動的怒氣與情意相連。我感到喪氣，這是什麼樣的感情溫差。

他靠了近些，我直直盯著他，定了格沒有動作。

在比一隻手臂還短的距離，他看來壓抑克制著，好看的唇抿成冷硬一條線，過了一秒，可能只有半秒。

他張開雙臂要擁抱我。如同之前見面那一剎那，攥緊了所有力氣，好好將別後的擁抱完整著。

可是、可是……「梁鏡旬。」

一開口才知道，我的聲音已經如此沙啞哽咽。我低著頭不敢去看他，單是看見他浮起青筋的手我就受不了。

他僵硬著肢體，緊緊地、緊緊地捏緊拳頭。

我沒有心情同往常一樣指著他的鼻子耍賴「你是想揍我嗎」。

「梁鏡旬，我以為我在你面前都是最真實的一面，現在我才發現，我好好對你說的話很少。」

深吸一口氣，我穩住聲線，避開他幽深的眼光。「我以為你會懂，我以為你慢慢會開始體諒我的為難，就像你以為我會明白你吃醋的底線，以為我會無條件接受你的要求。我不是不會想見你，可是，我們的生活裡不能只有愛情。」

他凝眉，垂下雙手。

「你吃醋的點，其實我根本沒有頭緒，只能不停接受你理所當然的脾氣。」

梁鏡旬很好哄的。不像前男友翻天覆地的爭執，最後都歸於質問我在我面前拈花惹草，受不了我太亮眼。可是，我經常搞不懂梁鏡旬會生氣的點。

「我們可以現在好好談談。」

「可是我累了，你咄咄逼人的佔有欲，我覺得很累了呀。」

我知道自己肯定也有很多他努力去包容適應的。他習慣了我不擅長撒嬌、他習慣我過分的理智、他習慣我將課業與或工作的排序放在他之前。此外，他介意我不愛吃醋，如此好像捉不到我對他的在意。

我對他的信任彷彿是多此一舉。

「梁鏡旬，你喜歡我什麼？你喜歡的會不會只是你想像中的我？」

是不是只期盼我成為符合你理想的女朋友？

「葉若唯，我的喜歡看來是那麼幼稚嗎？」

決定起來莫名，說起來心塞，回想起他眼光裡的愕然與受傷，胸口與眼睛都悶悶痛了起來。

眼淚都落下了，我還是沒有挽回。

繼續這樣相處，說什麼都是相互逼迫，不如在此打住。

不要再說出更傷人的話了。

「梁鏡旬，我們稍微分開一段時間吧。」

沒有破涕為笑，沒有上去抱住他的胳膊，笑鬧著說「跟你開玩笑的」。沒有揉揉他的黑髮，眨著狡黠的眼說「是不是被我騙到了」。

我們都是硬脾氣的人，別勉強了。

終章

離開現場，回到各自住處。

我一直覺得在公園分手有一種淒美的浪漫，老實說，淒涼多上更多。

我是落荒而逃，勉強沒有讓自己腿軟摔個撲街。

沖了澡，努力冷靜。好像也完美當了一回女主角，分不清眼淚與雨水的悲傷，更正，分不清眼淚與自來水的悲傷。

我就是傻，才會在同一個地方跌倒第二次。

我以為他不一樣，以為他可以給我足夠的依靠，但是，就像我永遠給不足他要的安全感，他的不安無處可躲，全疊加在佔有慾上頭。

每次爭執後，我都感覺自己的付出與包容被忽視。

確實，喜歡不該存在要一比一打平的結果。可當梁鏡句近乎無視我的給予，難受著，心就寒了。

握著手機，打了字又刪除，刪除了又打字。扔開手機放棄，又重新自床角撿了回來。將近三個小時時間，顫抖的手指猶豫不決著。

終於在窗外樓下過路的汽車疾行聲拉回恍神，嚇得手一抖，按下發送。

給梁鏡句打了一封好長好長的訊息，字數多到一個六吋螢幕裝不下。

他立刻已讀了。

我懦弱的瞬間關起網路。傷害一個人時，當下恨不得一針見血，但是，會讓自己同時受傷的，永遠只有親近的人。

家人，以及，喜歡的人。

是這樣矛盾的。分開分明是我提出的，卻隱隱害怕就此成真。分明眷戀不捨著，卻害怕最初時光裡的怦然都被吵架覆蓋。

這個悲傷鬱悶蔓延的夜晚，夢裡出現的是他的溫暖。

當初填滿胸口的怦然感動，以如夢似幻的形式重新來到眼前，我翻了身，掉了淚。

那是還沒頻繁聯絡之前。本來以為最近一次見面會是下星期約好的探班，一場海外實習的面試意外創造了機會，梁鏡旬不知道哪裡打聽來了消息，發了訊息說要接送。

拗不過他莫名其妙的堅持，我不是會怯場的人，只是坐在他的車上仍然有些如坐針氈，難言的彆扭。

滿腦子都是「為什麼」。為什麼他要將時間消耗在我身上？

不如預期的面試結果不是因為他，不過是一道專業題忽然答不上來，如此簡單，說出來卻是巨大的失望與自責。

扁著嘴，欲哭未哭的神色難看。

那時剛出偌大的會議廳，掏出手機跟老爸胡亂發洩，抱怨的話語反反覆覆。跟自己生著悶氣的同時，儘管知道怪不得別人，依舊愛拽著人傾訴。

面對失敗我不陌生，只是強顏歡笑去面對父親以外的人，確實前所未見。

也許是太難過了。

我將梁鏡旬在隔壁商場內咖啡廳等我的事情忘得一乾二淨，因此，彼此相視著，卻都手足無措。

「梁鏡旬我……」讓我靜一靜好嗎。

盯著我半晌。他啟口，「不餓嗎？走，吃飯去。」

「我……」

「我知道附近有一家很受歡迎的日式咖哩店，走路就可以到。」

不等我說出更明確的拒絕，梁靜句率先邁步，徒留一道堅毅清冷的背影給我。忍不住瞇了眼，正午的陽光輕灑下來，在他的身上照出輕淺不一的痕跡。光線在他的頭頂照出一個耀眼亮圈，揉揉眼睛，自他髮絲上反射的光芒，除了別樣瀲灩，還有深一層意味的溫暖。

躊躇的步伐原地徘徊，梗在胸口的抑鬱緊了又鬆。他不介意我說不出好聽的話、不嘲諷我不完美的笑容。

深深吸吐出一口氣，眼神攥著在恰到好處距離停下的頎長身影。我緩緩跟上，眨去眼角泛出的淚花，告訴自己是呵欠在作怪。

多少次挫折我是自己忍氣吞聲，不論好壞，不論委屈或不甘心。

不告訴父親是不願意他擔心，不願意他為無法替我解決問題感到無能為力。逐漸，追求理想的路我習慣一個人走。

十多年歲月堆砌了不易動搖的堅忍。

只是，那當下，屬於梁鏡句的光像要劃傷我的眼，將所有一切都模糊了。

使人難以忘懷的，不是何時何刻他做了什麼舉動、不是何時何刻他說了什麼寬慰或甜言蜜語。其實，僅是在這樣難堪的時候，他出現了，不論緣由，都成了一件心事揣進心口。

「妳不要看阿旬平常高高在上，一副總裁嘴臉的酷霸跩，在愛情方面，他其實就跟小孩子一樣。」

視線落點在男子優雅摩娑杯緣的手指。我還在困惑，怎麼就被孫沐彥堵在補習班門口抓走了？

環視咖啡廳裡挑高的設計，水晶燈鑲在吧檯上空，陽光穿越窗明几淨灑到身邊，冷氣空調顯得徒勞。

「怎麼個孩子氣了？你說說看，記得用我聽得懂的比喻和解釋。」

孫沐彥經常說話太跳躍，簡直像跨欄比賽。我現在腦力不足，沒辦法反覆咀嚼領會他究竟要表示什麼。

所以後面那句的叮嚀絕對不是空穴來風。

「他之前可不像現在這麼像條口香糖。」孫沐彥耐著性子解釋再清楚一些，「他那些所謂的女朋友，外界不知道，我們是他兄弟，才掌握精確消息了。」

「說重點吧。」就該限制他自由陳述時間，前言太長了。

他倒是從善如流，「好的。那些都是輿論緋聞的傳言，妳也知道，阿旬對外在傳言都不敏感，所以傳著傳著也解釋不清了。」

「所以？」

「就這樣，阿旬八成也沒有好好說明過，他大概覺得單獨吃過幾次飯就是情侶，別不相信，我們阿旬就是這麼純情。」

怎麼有種……現在跟我說梁鏡旬相信接吻會懷孕，我都不懷疑。

徹底聽不懂了。

「至於怎麼勾勾小手、有沒有熊抱或公主抱，這些細節我就不知道了。」

「所以你要表達什麼？」撐著右頰，一面咬了吸管，話語變得含糊。

孫沐彥濃厚英氣的眉毛微挑，眼裡洋溢溫和的笑意。一下又一下，修長的手玩著杯子裡的攪拌棒，在壁緣碰撞出清脆聲響。

不緊不慢地接口，「他可能是根本沒意識到自己非常黏妳這件事情。」

「我們每天都會見面，就算他出國出差，他也會要求視訊。」使著與他平時截然不同的風格，輕軟的撒嬌通過耳機，飄洋過海來到耳邊。

我總是被他的聲音牽著鼻子走。

總是下足決心要婉拒當天的聯絡，好好睡上一覺休息或好好完成一次案例報告，九成九會敗在他孩子氣的任性。

我知道不能完全怪上他，我的心軟都是對他無可救藥的放任縱容。

因此，逐漸變得得寸進尺了，逐漸到我不能忍受的程度，逐漸到影響我課業與工作了。

「看不出來我們高傲的嘴賤小阿旬這麼可愛。」

「不要說蠢話了。」

孫沐彥攤攤手，做了在嘴巴前拉上拉鍊的動作。比上幼稚，他不遑多讓。

「妳不要看他這樣好像情史豐富，都是不到一個月就告吹，管他是不是因為年輕氣盛，還想玩，也不認為應該要低頭。」他就是安靜不了一分鐘。

低頭。梁鏡旬是多麼端著自尊心的人，我們是如此相像。

他驕傲又自信，也許他從來沒有考慮過這兩字，不要奢望他會向誰示弱。

「撇除佔有慾，我們的之間還有很多不適合，他那麼我行我素，雖然他只在意我，這讓人感動，可是我也覺得很有壓力。我是那麼努力的人，為什麼不能諒解我對實習和課業的重視？」

「這些妳好好跟他說過嗎？」

好好跟他說過嗎？

一愣，我竟然答不上來，底氣不足。對話得到短暫的歇停，我撐著下巴，似乎思索很多，又似乎所有想法不過是亂數亂碼掠過，腦袋中沒有半點想法成型。

手機忽然滋滋震動起來。

以為是有訊息，隨意瞥一眼，沒料到是念念來電。迅速瞟了眼前愛妹妹愛到過度的孫沐彥一眼，他低頭看著手機裡的檔案，沒察覺，我按下接通。

緩緩拿手機靠近耳朵，留著一點適當距離。

「呵呵呵，我說唯唯呀！妳對梁鏡旬梁大攝影師做了什麼？」

這少女的音量分貝今日還是正常發揮。

還有，她太不會說話了，什麼叫作我對梁鏡做了什麼？

是該問問梁鏡旬衝我發了什麼瘋才是，欺負我的溫良恭儉讓。

壓了壓太陽穴，「念念，有話就好好說話。」

不相信她男友會放著風和日麗的假日，不帶她出門，反倒是讓她有時間想起來給我打一通電話。

「妳家大大大攝影師跑來我們李哲佑家鳩佔鵲巢呢，李哲佑被煩得不行，正在安撫他，我就從善如流，滾一邊找妳打電話了。」

暈了，這幾個男生是玩什麼呢。

一個收留了梁鏡旬、一個跑來補習班堵我下課。

「那妳是負責什麼？」

「我負責好吃懶做，打電話找妳說說幹話。」

她的聲音全是溫軟的愉快，我沒好氣，「我看妳是來打探軍情。」

彼岸傳來女生清朗討好的笑聲，隱約還能聽見她男友的哀怨。這少女不懂得跟我同仇敵愾，太見色忘友了。

「告訴妳家舌燦蓮花的大律師，休想輕易打發梁鏡旬，他就是去破壞妳們美好兩人世界的。」

「唯唯呀，哈哈哈哈哈。我會轉達的。他說妳不能自己情場失意就不准別人得意了。」

念念一定被帶壞了。說多了都是眼淚，她之前不是這樣的，最討厭夫唱婦隨了。情緒被打斷，忽然原本的沉重都散開了。我隨口問起無關緊要的事，「怎麼他是去找妳男友，不是投靠妳哥？」

「這問題問得可好了，我剛剛也舉手發問。」她壓低了聲音，真傻，我要是開免持聽筒，接下來的話就都要被她老哥聽見了。耳聽她賊兮兮的笑語，「梁鏡旬說我哥就是萬年單身狗，意見不值得參考。」

「真是一針見血。」

「還萬箭穿心。」

默默瞄了隔壁的男生一眼，「你說的那位單身狗正在我旁邊當說客，請問妳有什麼看法？」

彼岸的聲音忽然消失了。一片寂靜。

我揚揚手機，孫沐彥一臉疑惑，朝他笑得溫婉可人，打擊是毫不留情。

「念念呢，你妹妹說你是單身狗。」

孫沐彥是如何痛徹心扉我不管。默默拿過他追加的紅酒逕自喝起來。

「我以為要相愛的兩個人分手，至少要有一件轟轟烈烈的大事。比如說第三者、比如說絕症，但其實不用，不安、忙碌、疲乏，就夠了。」

刷起臉書的更新與朋友圈內社群平台的標記，許多人都在討論近期熱播的陸劇，版面盡是甜膩的劇照，以及粉絲創作的同人小說內容。

輕快的動作、隨意的目光，突然就降下來，狠狠攥住這句話。

不安、忙碌、疲乏。

努力對你微笑，努力掙脫醫院裡的悲傷與鬱悶，都是期盼能在墜入你懷抱的那刻，給一點溫暖，而不是帶著渾身冷淡以及生離死別的缺憾。

直到我已經沒有力氣繼續強顏歡笑，你卻責難起我的無理取鬧，消磨掉我對你依靠的這份信仰。

或許是我的沉默錯在先，但是，我總是對你能夠理解身懷期待，無數次因此失望。

夢想裡的你無所不能，愛情裡的你卻是小孩子。

我們還能夠走下去嗎？

不知道是第幾次的嘆息。都說嘆一次氣會老十歲，我也管不了了。

堵在心口的情緒無法消化，無法被風帶走。

「唯唯妳幹麼呢？發呆？」學伴歸了檔，目光落下。

「沒事……」

低語有氣無力，學伴心生疑惑，湊到我身邊，「怎麼了？看見妳從金醫生辦公室出來，他荼毒妳了？」

「沒有，金醫生人很好，妳這是汙衊。」

他就是稍微過問一下我跟男朋友的事情。

他那麼聰明，我上次那樣詢問他不會猜不出什麼。幸好，沒有過多的追問。

拍著我的肩膀，輕輕的，我能嗅到他修長的手指帶著小雛菊的清香，「冷暖自知，妳也不用糾結在其他情侶的相處模式。」

學伴狠狠一噎，「只有妳覺得他好，學霸的世界我們插手不了，我是說妳最近幹麼生無可戀的表情？而且妳現在不是應該會拿著手機躲到後面去聽廣播嗎？」

仍舊茫然著，後知後覺去注意電腦螢幕的時間顯示。下午三點二十八分。

喔、啊、哇！拍拍她的左肩，示意她把風。扯出耳機，抓了手機貓著腰就往後躲，我的精神糧食呀。

「這裡是 Listen to love，聲聲不止息，大家午安。」

嗚嗚嗚，午安。差點要錯過了。

「這裡我們先聽一首歌曲，是近期如火如荼在拍攝的《夢境貿易》的片頭曲，這是ＩＮ給收聽的朋友們放出第一手消息。」

「聊聊近況，前幾天註冊一個微博的帳號，雖然沒有習慣發文，但是在臉書、ＩＧ還有微博上面，都會看見你們的轉發。」大神的聲音帶著極淺的笑。

早知道我也多發幾條花痴的留言。

「也看見大家的熱烈支持了。」竟然想像得出因為無奈揚起的唇角。他的聲音清冽得彷彿直瀉而下的瀑布，乾淨清脆，卻情緒難辨。

半晌，我愣住，腦中一片空白。理解不了他說了什麼。

「覺得很受寵若驚，不過，與製作討論後，我決定公開我的資訊……」

「《聲聲不止息》的聽眾午安，我是梁鏡句，主業是攝影師。」

他是梁鏡句……

手機不斷震動著，直播到網路上的影片持續被飛雪一般的留言洗版。

依然沒抓回我被震飛的思緒。梁鏡旬就是 Love 大神，《聲聲不止息》的主持人就是梁鏡旬。

難怪初次見到梁鏡旬就覺得嗓音聽來熟悉。

以及許多許多，他提過卻被我忽略的細節。要進ＩＮ一趟幫忙節目，ＩＮ旗下的這個廣播節目是孫沐彥策畫的。

我明明在他身邊聽過廣播，仔細回想，那都是重播時段。

沒臉見人了，糗大了，男朋友是自己的偶像，這種事、心態實在轉換不了。退一萬步說是前男友，依然想挖個洞把自己埋了。

咬緊下唇，揮手讓學伴不要管我，我需要寂寞寂寞就好。

「有人跟我說了這樣一句話，相愛容易相處難，匍匐在生活裡的煩惱與庸碌，越是真實的脾氣越是容易對著親近的人發作，越是容易因為習慣，而忘記去珍惜對方的付出與退讓。的確，魔鬼藏在細節裡，如果都要到失去才明白，那要多後悔、要多浪費時間？」

抿了唇，眼淚噙在眼眶，有些委屈有些領悟。

我曾經定義幸福是你的懷抱，我披著夜色走過白色世界，帶著別人留下的傷痕走向你，有你擁抱我的好與不好，擁抱我的心碎與我的疲倦。

每一回排除萬難的相見都是心甘情願。

可是，人類就是這樣奇怪，困乏的時候只能想起你的那些胡鬧與不貼心。

「那是一個巨大的迷宮，原本都自信不會迷失，驀然回首，發現都不是從前的自己了，愛是如此。為了你改變這樣的話不要說，我們都該為了自己成為一個更好的人，用最好的自己去匹配深愛的那個人。」

這樣就夠了吧。

我的堅強都是過去所有挫折中成長的。至今，我的勇敢可以是在你的懷抱中強大的。

我認為只要說出不適合三個字，可以塘塞我與梁鏡旬之間過多的爭吵。

但是，我輕視了一句不適合其實灌注了很多意義。

輕描淡寫的不適合可以是分手的緣由，不喜歡了，或是不夠喜歡到要願意調整自己，或是不過是害怕認真的改變，會變得不像自己。

會被錯負了真心。

我是怎麼想的？想要跟他走下去，便要去正視橫擋在中間的疙瘩，我害怕我們變成鑽牛角尖去成為彼此的理想型，失去真實，讓這份愛情落得虛假與牽強。

然而，現在，想見到你。

想此刻就見到你，梁鏡旬。所有的所有，沒有對你說出口的話、被你誤解的話，這次，都要好好解開我們的結。

我的男朋友，差點迷糊鬆了手的男朋友。

忍著三十分鐘打卡時間到，如坐針氈到被詢問是不是要如廁。

衝出醫院攔一台計程車，直到飛車到ＩＮ公司門口，我都有些恍惚著。腳有些軟，踩不住高跟鞋的飄浮感。

正要越過一根大理石柱子，因為調笑的話語扼住腳步。兩道熟悉到不行的聲息清晰順著風傳到耳邊。

「你家那位也是剛剛才知道你是主持人吧？不怕她跑來跟你鬧？」

「需要你多嘴嗎？」不正常的語調裡偷洩漏一絲恍然。

「你很行啊，知道她愛聽廣播，趁亂道歉和告白，說說看，誰幫你寫的稿，平常冷漠的嘴賤呢？」

我露出一雙眼睛瞧。梁鏡旬攘開孫沐彥的友好，哼出兩個字，「別煩。」

「算了、算了，我惹不起你，現在也沒空理你，什麼叫跟製作單位討論過？難道是我記憶斷層了？」看來又是梁鏡旬任性妄為了。

「記憶斷層算什麼？你智商都跟土石流一樣了。」

孫沐彥咬咬牙，咬到牙根疼也不能拿他怎麼辦。不解氣想繼續調侃，身有戰鬥力不足的自覺，扯扯領帶，瀟灑走了。

「我去給你處理那些瘋狂 call in 進來的回應，你自己的所有社群自己想辦法，我可不管。」

分分鐘都會被粉絲愛的浪潮淹沒。

孫沐彥離開，梁鏡旬沉默半瞬，站姿要比警衛筆直。良久，他從西裝外套內理口袋拿出手機，盯著螢幕蹙眉。

我調整好呼吸，放輕腳步緩緩靠近，我喊了他，「梁鏡旬，你是不是特別怕我會跑掉？」

他一愣，清俊冷淡的面容露出挺複雜的情緒，既懵懂又不可思議。約莫是我問得太過直白突然，只是他的手足無措竟然有些可愛。

像是被抓包沒有簽聯絡簿的小學生。

不著急也不逼迫，我站得筆直，目光清澈堅定瞅著他。

良久，他才從石化的動作緩過來。原本抿成一條線的唇，冷硬得都抿出一個招搖的小酒窩，亮得我小小怦然。

差點端不住架子。

「葉若唯。」

深呼吸一口氣，他就只唸了我的名字。

這醞釀是不是太久了……要是需要七七四十九天，我可沒耐心跟他玩。

眨一下眼，我輕揚了語氣，與我揚動的裙襬如出一轍，「好，不怕也可以，那我走了。」

定了精神，像是訓練過無數次的反應，我流暢轉了身，微微抬步要走開，垂落的手臂被一道溫暖勒住手腕處。

這是一個頓點的停滯。我們都有些發怔。

我訝異他的速度，照理我應該要揪結萬分的默數三秒，含著眼淚悲情的期盼他追上來，他的反射是出人意料，驚嚇到我忘了感動。

顧著欣賞他的兩條微擰的眉毛，任由風在我們之間颳起喧囂。

「葉若唯，妳不能說走就走。」

「我問過你的。」

「我還沒回答。」

我直著脖子倔強，不為他的不自在心軟，「那你現在要說答案嗎？」

相互凝望許久許久，這點深情似乎對我們來說很稀有，兩人都分外尷尬。

他終究在我的執意當中敗下陣來，揉揉我的頭髮，盯著我鼓起的腮幫子，輕輕吻在我的臉頰，靠在我耳邊嘆息。

警衛悄悄轉了身子，我呆了。這、這裡是大門口啊！一下子羞紅臉、一下子面如死灰，我都要顏面失調了。

「妳對我有什麼不知道的？妳不是健忘就是瞎了，我的生活除了攝影就只剩下妳，整天繞著妳，妳跑得掉？」

停住掙扎，我安順地受他擺佈，臉頰綻放燦爛的笑容，主動走進他的懷抱，伸長了手環住他的腰間。

埋在他胸膛嘟囔，「說白了不就是怕我跑掉。」

「葉若唯妳太自戀了。」報復似地勒了我。

「差你一點點。」

「得了便宜來賣乖就是形容妳。」

輕輕滿不在乎哼笑，更用力抱緊他，不管他「太太妳要掐死我了」的申訴，鼻息全是屬於他衣服的清香，收不住笑意。

那也要有人寵有人慣，不然哪能恃寵而驕。

只有他，沒別人了。

只有在他的臂彎裡，我可以放聲大哭、可以咧嘴大笑，永遠在他清亮的眼裡看出自己真誠的耀眼。

他沉穩的嗓音染著惶惶不安。我有些心疼，都怪自己那天衝動。

不說清楚，不明不白執意分開，像是忍耐很久的人，被一根稻草壓垮了最後的理智與力氣，在那天完全不顧慮他的感受。

「葉若唯，也許，我不是不了解妳而誤解妳是什麼樣子，而是，太喜歡妳，對與妳的這份愛情有太多的期盼和嚮往，忘了考慮妳的感受。」

聞言，倒是沒有料到分開的日子，他思考了這些。

過去沒有這樣明確分割開的時間與空間，彼此對於爭執的理解或從來不在線上。沒有眼淚與疼痛的蛻變總是不完全。

「我沒有自己主動追求過愛情，之前的分手她們都說我不夠用心、說我太看重工作。這次喜歡妳，我急著想抓緊，卻忘了給妳空間，妳有妳的生活圈，我有我的生活圈，我怕我們陷入各自忙碌……」

「嗯……」他說的我都懂。

只是，我沒有想到他考慮了過去愛情結束的原因。

我聽見他的低語在我頭頂輕輕緩緩播放著，是會令人迷醉沉淪的嗓音，也聽見我們靠得很近，他胸口與我胸口的心跳聲。

「想對妳說的話，很多都透過節目說了，我知道妳堅強，但是偶爾，可以依靠我一點。」

驀地掉下一顆淚，吸了吸鼻子。我們都要認真去擁抱這樣修修改改過後的自己。

他厚實的手掌扶住我的後腦，指縫間都是我的長髮。

「妳居然沒發現是我。」帶著咬牙切齒的痕跡。

我委屈了。誰沒事會懷疑自己的攝影師男友是不是跟受歡迎的廣播主持人是同一人。

「其實剛剛都是開場白，我是想跟你說。」拍了腦門，差點忘了自己原先要說的話，白費我鋪陳那麼久。我仰起臉，慢聲道：「我不是真的嫌棄你的黏人很煩。」

話音剛落，感受到他的臂膀僵了硬，拍撫他，我接續說。

「我知道你一直都會在，不論什麼時候，我疲倦的時候、我忽然轉身的時候，都可以看見你，就像我可能不停在醫院忙碌、在補習班寫著試卷，都會想起你的聲音。」想起你壞壞的笑。

「嗯，妳只看我為妳做了什麼就好，所以說，一直是我擔心別人把妳搶走。」

我勾了唇，「我就在這裡、在你身邊，誰拉得動我了？」

「不好說，學弟嘛、醫師嘛，之類的。」

他輕哼著。如此小心翼翼表達的醋意倒是讓人有些不習慣。

還有滿滿的難為情，又名羞澀。

對於梁鏡旬來說，短暫的不能見面他有點不習慣。

見不上面會要求聽聽我的聲音，五分鐘也好。

「有沒有好好吃飯？要是瘦了我饒不了妳。」

「沒飯吃呢，你要幫我送食物嗎？」

「行啊，想吃什麼？幫妳買送過去，使命必達。」

「你隨便弄點來，燙個青菜、煎顆蛋之類。」

電話那頭倏地沉默，似乎枯葉揚起的窣窣都能聽見，「……妳想死嗎？」

「當然不想，不想死所以才要吃飯呀。」這人肯定是早上忘了喝咖啡，又在腦子不清楚。

「葉若唯妳要知道的，妳的男人是真的挺萬能的，顏值課業工作，連體力都是一等……」

我截斷他的話，順口，「就是在廚藝方面缺乏天分。」

他又陷入慘澹的沉默。顯然沒猜到我會果斷拆他後台。

我悶悶笑起來。「故意的呀，好玩。」

直到掛了電話，嘴角的弧度還是捨不得放下，盯著螢幕半晌，耳邊似乎迴盪起他的彆扭、他的聲息，讓人意猶未盡。

讓人分外想念。

人很奇怪，當他無時無刻都在妳的生活中探頭，有時候忙到無暇顧及，會厭煩他的存在；有時候他乖巧退出一段距離，又會懷念起他的隨時都在。

我搖搖頭，甩開這樣自私又孩子氣的念頭。他有心給我一雙翅膀飛翔，他有自信給我時間與空間做自己喜歡的工作，我不光是要衷於初衷，更是要珍視他的退讓。

滑著通訊軟體的視窗，瀏覽他發過來的照片，小咪嚕就是睡著會像個天使一樣乖巧可愛，醒著時候經常一陣驚天動地，有用不完的體力。

有一個攝影師爸爸就是賺呀，捕捉小咪嚕所有呆萌的畫面。注意一下時刻，我擱下手機，重新將視線與精神投入報告中。提早完成的話，說不定能去探梁鏡旬的班。

很久沒見到他對著小夥伴們發飆了。如果這麼說出來，捱罵的助理們肯定會從欲哭無淚馬上成淚流滿面。

也許生活就是這樣。安靜很可怕，平淡很容易膩。

葉若唯與梁鏡旬，偶爾講講廢話，偶爾他負責甜言蜜語，我負責搞冷氣氛。偶爾他帶我穿街走巷玩攝影，偶爾我拎著餐盒去探班。偶爾我抱著小咪嚕睡倒在沙發上，偶爾他戴著眼鏡趴在書桌假寐。

我不勉強配合他的步調，他不焦急像死命拖著風箏線的小男孩。

有時候會不自覺陷入各自的忙碌。他會抱著電腦縮進我的單人小窩，或是，我會出現在他的早餐晚餐時間。

時光在走，我們都不再是當初輕率說喜歡的少女少年。

不牽強拉扯對方妥協，在光陰的醞釀裡協調出最適合我們的步調。

畢業當天，梁鏡旬堅持以家屬身分參加。

硬是拽著我去見了學弟，阻止不了的氣勢。誤會他是要下馬威，不停塞糖果到他手裡，撓著他的掌心，期待他等一下不要火力全開。

「上次那杯咖啡謝了。」

上次？咖啡？

眨眨眼睛，再眨了眨，視線來回在兩個男人的交鋒。狐疑的皺皺鼻子，覺得我的思考沒有跟上他們。

裴宇信倒是在點頭致意後，滿臉笑容看過來，聲音清脆，「學姊的男朋友前幾天到我們店裡光顧呢。」

「梁鏡旬你……」

「距離你們學校最近的優質咖啡廳就只有那裡了。」他聲息起伏不變，從容自在。默了，挑釁瞧了學弟一眼，似乎有洗耳恭聽的錯覺。

逼誰說話呢。愛跟來又不開口。

「你是學姊男朋友，我喊一聲學長應該沒關係吧？學長，我真的對學姊死心了，就算學姊來店裡吃飯我也會好好收錢，秉公處理。」

噗哧一笑，對於裴宇信的舉例沒轍。

梁鏡句不再擺著高傲的姿態，清冷的唇瓣溢出帶著暖意的笑，還有點可愛的示好。我看來有些惶恐。

他拍拍我腦袋。「以後常去他們店裡吃，咖啡好喝，友情價會有小餅乾的。」

咦？他不是最介意我單獨跟男生有交集嗎？

顯然裴宇信也愣住了，梁鏡句在他眼裡應該是小心眼的，忽然大方讓人措手不及。

「他是好人，可以當朋友。」溫暖的手順著揉揉我的頭髮。

盯著他低眸斂眼的俊顏，沒有絲毫勉強。我開口，「反正，不是他的就不會是他的，葉若唯妳跑不了。」

梁鏡句跑去認識裴宇信只是要確認他不是玩咖。

確定他可以安心地讓我跟他做朋友。

鼻子湧上一股酸意，我失了動作，深怕一個舉動都會讓感動的淚水失控。

裴宇信便沒有這層顧忌，開朗捶了梁鏡旬的肩，「學長你來秀恩愛的啊，太過分了。」

「又不是第一天認識我。」

日子在彈指間飛逝。

「葉若唯妳說說看，她們是失憶了還是聽力不好？」梁鏡旬只差沒有翻出雪亮的白眼。

我聳了肩，不好作答。有些人就是愛裝聾作啞。

側過臉仰首瞧他，忍不住想笑。被女粉絲纏得不耐煩，我都沒發火了，他率先沉不住氣。尤其是一些不止於粉絲的界線，硬要介入私人生活的。

「別氣、別氣，生氣會變老。」嘴上敷衍安撫，我從外套口袋掏出一顆普通的糖果，塞進他手心，「補充糖分，補充糖分。」

「葉若唯妳哄小孩子啊。」

「怎麼是，小孩子都沒你愛生氣。」

抱著他的胳膊，樂呵呵地露出傻笑。

孫沐彥從遠方看我們大概是一對白痴情侶，一個負責生氣彆扭，一個負責安撫討好。

他蹙了眉，估計是對高智商人類不忍直視。

「皺什麼眉，會醜。」

「他本來就醜，不然哪會沒有媳婦兒。」梁鏡旬配合起老爸的喜好，閒暇時後老是窩在沙發上追陸劇，有時候被我嫌棄要盡力理解他的用語。

孫沐彥眉眼抽抽，約莫是不想承認眼前這個人是他兄弟。

「唯唯呀，我看妳跟我妹都替世上女人收了一個渾蛋。」

聞言，這話我愛聽，裝模作樣點頭，立刻招來梁鏡旬的霸凌。我摀著額頭，不服氣扁嘴，本來就是。

他笑咪咪，湊得近一些，被梁鏡旬擋下也不氣惱。

「你們都成雙成對，看我孤家寡人不同情嗎？替我介紹介紹吧。」

「你不是最討厭你媽給你相親了？」梁鏡旬一語道破。

「我媽介紹的能跟唯唯介紹的比嗎？要麼是充滿母愛關懷的護理師，或是青春洋溢大學生，總是強那麼一點點。」

梁鏡旬自己平時要幼稚任性可以，孫沐彥比他略勝一籌。他將雙手放入長褲口袋，徹底反應他的任性。

我摸摸鼻子，清清嗓，「這個好說，想要什麼類型的？外語系系花收嗎？」

話落，梁鏡旬漫不經心的目光掃了過來，我非常鎮定忽視了。

推人近火坑這種事，我拿手，用不著他伸出援手。

「外語系系花是什麼類型？」

「這個呀，大概是花瓶型的。」我張揚了唇邊的笑容。

「花瓶……」他頓時啞口無言。

我格外善解人意作了註解，「就是，外表光鮮亮麗，該成長發育的都健康成長發育，就是養分不夠到腦袋。」末了，我掄起拳頭敲敲他胸膛。

梁鏡旬旁觀不下去，扯過我的手，用力包覆在他的掌心內。

孫沐彥眼神呆滯瞅瞅他，接著，伸出一根拇指。

「無與倫比的醋桶。」

「呵呵，謝謝，你連能吃醋的對象都沒有。」梁鏡旬皮笑肉不笑。

儘管事過境遷，熱衷追問起他為什麼會喜歡我。

自覺相識的那天我挺邋遢的，可以乾脆撇除一見鍾情的選項。只是，喜歡觀察他因為不自在而泛紅的耳根。

完全沒有一貫的精明與冷傲，純情到不行。

「我也不是會對所有路上拔刀相助的女生心動。」他就是嘴硬，啄木鳥嘛。

我慎重點頭。「原來如此，那就是看我貌美如花了。」

「醒醒，這是怎麼回事？還沒睡覺就開始作夢。」他捏住我的臉頰。

如果不是確定他是我男朋友，都要開始害怕他是被派來毀我容的，力道沒半點客氣。

掙脫不開，我靜下心，不焦急毛躁了。反正呢，話沒有聽清楚，渾身不舒服的肯定不是我。

「梁濟旬……放開五……」

他笑得可歡樂了，簡直是神經病。

「可速者麼辦……窩速隊你的森音……一卷鍾情……」

好好的告白他硬要這樣妨礙，我攤了手，表示不想再說一次。

僅此一次，絕無僅有，獨一無二。

梁鏡旬咬牙切齒了，我說他真的該去當演員，臉色可以瞬息萬變。

「葉若唯妳故意的嗎？」

一面揉著自己被當作面團蹂躪的臉頰，我的天生麗質啊。

無辜盯著他眼底危險的光，我正色地搖搖頭。要將錯怪我身上來了，我才沒有要他霸凌我呢。

「是你先欺負我的，我有要你放開。」

「再說一次吧。」

「不要。」

「再說一次吧，我錄起來，以後天天聽。」

「不要。」這該死的動搖、該死的撒嬌。

該死的我這麼喜歡他的聲音。

他攬住我的腰，輕輕使勁，我不可避免撞進他懷抱，手忙腳亂抵住，拉開一點距離，連心跳都讓他控制了可不好。

葉若唯，要爭氣，妳的聽覺已經淪陷了。

「再說一次吧，從今以後，我都只講故事給妳聽。」
從今以後，獨擁你的聲息。

【全文完】

後記

嗨，大家好。

這個故事一度難產，在二月份一路停擺到九月才重新被我翻牌子（寵幸），用了很多心力去寫一個不是那麼完美的男主角。

有點偽真實，帶著我前男友的影子（前男友是他的加強版本），佔有慾與缺乏安全感總是不會過期的問題。兩個人走到一起，不是只需要捧著一份喜歡就足夠，適合不適合是其一，有些個性磨著也就沒有稜角，有些歧異耗著將彼此都傷害。我心裡的女神作家夏茗悠作品裡提過：灰姑娘的故事固然美好，但鞋若真的合腳，當初就不會掉。因為喜歡與捨不得，我們經常會在愛情裡不小心盲目、在愛情裡委屈了自己，這世界上有千百種的相愛，沒有一個公式定理可以讓我們依循，所以，不論如何，理解對方的同時，請記得回頭心疼自己。

起初，想寫出一個傻白甜的故事，走輕鬆愉快路線，寫著寫著，發現我有更想寫的愛情，傾向現實，不那麼美好順遂。將梁鏡旬定位在毒舌的驕傲男子，默默在設定上揮筆落下「小孩子」，衝突了唯唯的脾氣以及學業。連載期間有讀者慶幸我們梁鏡旬有好好反省，是的，不然也會變成前男友。

走到分開，需要時間冷靜的當然不光是梁鏡旬，唯唯同樣有她的癥結。因為，她一開始什麼都沒有說清楚，直到無法負載才一口氣傾吐，想當然會把人砸得一愣一愣，更是會讓人手足無措。這個性就跟我不一樣，我很努力去揣摩，現實裡我比唯唯更加理性，但是也成為我某一程度的不足，不夠會撒嬌、不習慣去依賴，甚至會忘了給對方安慰。這部分我是期望能寫出唯唯對愛情的付出，她願意做讓他開心的事，犧牲她的學習與睡眠時間，但是不是完全的順從，她有底線，前提是在她有把握完成該做的事。

不知道你們見證這對吵鬧又不完美的情侶檔有什麼想法，可以到我連載的站上留言，也可以到ＩＧ小盒子留言給我。封面折口的作者簡介底下就看得到相關訊息囉。

那麼，我們下個故事見。

暖暖，十二月十五日寫於前往法蘭克福火車上

國家圖書館出版品預行編目資料

獨擁你的聲息／暖暖著. -- 初版. -- 臺北市；商周，城邦文化出版；家庭傳媒城邦分公司發行, 民107.03
面 ； 公分. --（網路小說；276）

ISBN 978-986-477-420-3（平裝）

857.7 107002780

獨擁你的聲息

作　　者／暖暖
企畫選書人／陳思帆
責任編輯／陳思帆

版　　權／翁靜如
行銷業務／李衍逸、黃崇華
總 編 輯／楊如玉
總 經 理／彭之琬
發 行 人／何飛鵬
法律顧問／元禾法律事務所　王子文律師
出　　版／商周出版
台北市中山區民生東路二段 141 號 9 樓
電話：(02) 2500-7008　傳眞：(02) 25007759
Blog：http://bwp25007008.pixnet.net/blog
Email：bwp.service@cite.com.tw
發　　行／英屬蓋曼群島商家庭傳媒股份有限公司城邦分公司
聯絡地址：台北市中山區民生東路二段 141 號 11 樓
書虫客服服務專線：(02) 25007718・(02) 25007719
24小時傳眞服務：(02) 25001990・(02) 25001991
服務時間：週一至週五09:30-12:00・13:30-17:00
郵撥帳號：19863813　戶名：書虫股份有限公司
讀者服務信箱 Email：service@readingclub.com.tw
城邦讀書花園網址：www.cite.com.tw
香港發行所／城邦（香港）出版集團有限公司
地址：香港灣仔駱克道 193 號東超商業中心 1 樓
Email：hkcite@biznetvigator.com
電話：(852)25086231　傳眞：(852) 25789337
馬新發行所／城邦（馬新）出版集團【Cité(M)Sdn. Bhd.】
41, Jalan Radin Anum, Bandar Baru Sri Petaling,
57000 Kuala Lumpur, Malaysia.
電話：(603) 90578822　傳眞：(603) 90576622

封面設計／黃聖文
版型設計／鍾瑩芳
排　　版／游淑萍
印　　刷／高典印刷有限公司
總 經 銷／聯合發行股份有限公司
電話：(02) 2917-802　傳眞：(02) 2911-0053

■ 2018 年（民 107）3月6日初版　Printed in Taiwan

定價／240元

ISBN 978-986-477-420-3

商周出版

廣　告　回　函
北區郵政管理登記證
台北廣字第000791號
郵資已付，免貼郵票

104台北市民生東路二段 141 號 2 樓

英屬蓋曼群島商家庭傳媒股份有限公司　城邦分公司

請沿虛線對摺，謝謝！

商周出版

書號：BX4276	**書名**：獨擁你的聲息	**編碼**：

請於此處用膠水黏貼

商周出版

讀者回函卡

感謝您購買我們出版的書籍！請費心填寫此回函卡，我們將不定期寄上城邦集團最新的出版訊息。

不定期好禮相贈！
立即加入：商周出版
Facebook 粉絲團

姓名：＿＿＿＿＿＿＿＿＿＿＿＿＿＿＿＿＿ 性別：□男 □女

生日：西元＿＿＿＿＿＿年＿＿＿＿＿＿月＿＿＿＿＿＿日

地址：＿＿＿＿＿＿＿＿＿＿＿＿＿＿＿＿＿＿＿＿＿＿＿＿

聯絡電話：＿＿＿＿＿＿＿＿＿＿＿ 傳真：＿＿＿＿＿＿＿＿＿＿

E-mail ：

學歷：□ 1. 小學 □ 2. 國中 □ 3. 高中 □ 4. 大學 □ 5. 研究所以上

職業：□ 1. 學生 □ 2. 軍公教 □ 3. 服務 □ 4. 金融 □ 5. 製造 □ 6. 資訊

□ 7. 傳播 □ 8. 自由業 □ 9. 農漁牧 □ 10. 家管 □ 11. 退休

□ 12. 其他＿＿＿＿＿＿＿＿＿＿＿＿＿＿＿＿＿＿＿＿＿

您從何種方式得知本書消息？

□ 1. 書店 □ 2. 網路 □ 3. 報紙 □ 4. 雜誌 □ 5. 廣播 □ 6. 電視

□ 7. 親友推薦 □ 8. 其他＿＿＿＿＿＿＿＿＿＿＿＿＿＿＿＿

您通常以何種方式購書？

□ 1. 書店 □ 2. 網路 □ 3. 傳真訂購 □ 4. 郵局劃撥 □ 5. 其他＿＿＿＿

您喜歡閱讀那些類別的書籍？

□ 1. 財經商業 □ 2. 自然科學 □ 3. 歷史 □ 4. 法律 □ 5. 文學

□ 6. 休閒旅遊 □ 7. 小說 □ 8. 人物傳記 □ 9. 生活、勵志 □ 10. 其他

對我們的建議：＿＿＿＿＿＿＿＿＿＿＿＿＿＿＿＿＿＿＿＿＿＿

＿＿＿＿＿＿＿＿＿＿＿＿＿＿＿＿＿＿＿＿＿＿＿＿＿＿＿＿

＿＿＿＿＿＿＿＿＿＿＿＿＿＿＿＿＿＿＿＿＿＿＿＿＿＿＿＿

請於此處用膠水黏貼